애플

신소영 소설

애플

미래의 작가들 **0 3**

# 차례

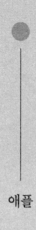

애플

여자는 사과를 깎는다. 길을 지나던 남성이 걸음을 멈춘다. 그는 사과를 산다. 여자에게 사과를 건네주고 기다린다. 껍질에 칼날을 박은 후 돌려 내려가는 작은 칼은 사과를 깎는다. 빨간 껍질이 끊어질 듯하면서 끊어지지 않는다. 사과는 곧 하얀 속살을 드러낸다. 남자는 움푹 들어간 두 꼭지 사이에 손가락을 넣고 지탱한다. 그리고 먹는다. 달콤한 즙이 혀를 적신다. 나무 박스에 쌓여 있는 사과는 한 알에 천원이다. 천 원에 사과를 사서 옆으로 가면 여자가 껍질을 깎아준다. 백 원을 종이컵에 넣고 기다리면 백설 공주처럼 하얀 속살을 가진 사과를 먹을 수 있다. 총 천백 원을 지출한 남자가 한 손에 서류 가방을 들고 다시 걷기 시작한다. 다음 손님이다. 점심 시간에 회사를 빠져나온 여직원이 사과를 산다. 여직원 은 사과를 씹으며 생각한다. 월급을 받으면 빨간 구두를 사야지. 여자는 동전이 쌓이면 상인에게로 간다. 종이컵 에서 동전을 꺼내 지폐로 바꾼다. 바람이 분다. 머리카 락이 살랑거린다. 까만 메리제인 슈즈에 금단추 달린 원 피스를 입은 여자는 손수건으로 과도를 닦는다. 손님이 없을 땐 맞은편 가게를 쳐다본다. 맞은편에는 서점이 있 고 가끔씩 무료해지면 그녀는 안으로 들어온다. 서점에 는 다양한 책들과 수많은 잡지들이 비치되어 있다. 잡지 코너에 서서 이번 달 표지를 확인한다. 잡지 커버를 구 경하다 마음에 드는 것을 발견하면 그녀는 서점을 빠져 나온다. 사과를 깎던 자리에 앉아 구매한 잡지를 읽는 다. 상인은 매일 아침 사과를 팔러 나온다. 폭스바겐 앞 에 박스를 내려놓고 좌석에 앉아 기타를 연주하거나 잼 배를 두드린다. 가끔씩 큰 목소리로 노래를 부를 때도 있다. 그러면 여자는 사과를 깎다 말고 상인을 쳐다본다. 노래 부르는 소리를 듣고 있다가 다시 사과를 깎는다. 가져온 것들이 다 팔리면 상인은 빈 상자를 버려둔 채 출발한다. 그가 떠나면 여자도 떠난다. 그동안 사용했던 과도를 핸드백 안에 넣고 아무 일 없던 것처럼 일어나 걷는다. 그녀가 앉았던 벤치에 햇빛이 쏟아진다.

나는 서점에서 아르바이트를 하면서 두 사람을 본다. 보면서 저게 무슨 짓인가 싶은데 재미있어서 매번 구경한다. 사과를 사 먹어본 적은 없다. 여자가 골라온 잡지를 계산해주었을 뿐이다. 여자는 예쁘게 생겼다. 잡티하나 없는 맑은 피부를 가졌고, 팔다리는 가녀렸다. 웨이브가 살짝 풀린 머리는 그녀가 걸을 때마다 살랑거렸고 여자는 원피스를 입었다. 그것도 블랙 원피스만 골라입었는데 디자인이 매번 바뀌었다. 우리는 다양한 검정색 원피스가 쏟아지는 세상에서 살고 있다. 그뿐만이 아니라 여자의 핸드백이나 스카프도 일주일에 한 번씩은 바뀌었다. 그녀에게 바뀌지 않는 유일한 것은 과도와 메리제인 슈즈뿐이었다. 나는 그녀의 발등을 가로지는 벨트를 볼 때마다 안정감을 느낀다. 남자 친구가 바람피우지 않을까, 혹은 사장님이 혼내진 않을까, 아님 여자가 어딘가로 갑자기 사라져버리진 않을까 같은 불안감이 밀려올 때면 나는 그녀의 발등을 내려다본다. 단단하게 고정되어 있는 끈을 보고 나서야 비로소 불안감이 사그라진다.

서점 앞에 상인이 나타난 건 일주일 전이었다. 뚜껑이 접혀 오픈된 차에서 남자는 나무 상자를 꺼내더니 사과를 사라고 외치지도, 어딘가로 사라지지도 않았다. 그저 지나가는 사람들을 구경했다. 여기까지 들으면 사과가 팔릴까 싶겠지만, 신기하게도 사과는 불티나게 팔렸다. 이유는 단순했다. 상인이 가져온 사과는 먹음직스러웠다. 나무 상자 속에 담긴 사과는 햇빛을 받으면 단내를 풍겼고, 말간 사과들이 붉게 빛나며 시선을 끄니 사람들은 발걸음을 멈추었다. 처음엔 이거 파는 건가 싶어 주위를 둘러본다. 그러다 차에서 연주를 하고 있는 남자를 발견하게 되면 쭈뼛거리며 다가선다. 남자가 고개를 들고 쳐다보면 먼저 말을 건네는 사람은 손님이다. 이거 파는 건가요? 남자가 고개를 끄떡이면 얼마냐고 묻는다.

그때서야 우리는 남자의 목소리를 들을 수가 있다.

천 원입니다.

천 원?

손님은 사과를 사서 들고 간다. 처음엔 여자가 없었다. 그래서 사람들은 입고 있던 티셔츠나 혹은 니트에 사과를 문질러 껍질째 먹으면서 들고 갔다. 손에 사과를 쥐고 냄새를 킁킁 맡으며 걷다가 입안에 고인 침을 삼켰다. 삼 일이 지나고서야 여자가 나타났다. 첫날, 그녀는 아무것도 하지 않았다. 벤치에 앉아 운전석을 차지하고 있는 남자를 바라보기만 했다. 상인이 사과를 팔고 사라질 때까지 그대로 있다가 다음 날, 패널을 들고 나타났다.

서점 앞에 사과 듀오가 생긴 것이다.

나는 어리둥절했다. 뭐지 저건, 싶다가도 자유로운 청춘이 느껴져서 편안했다. 그들을 보고 있자면, 그래 우리는 청춘이구나, 싶은 그런 만족감이 속에서 차올랐다. 선남선녀가 길거리에서 사과를 파는 게 무엇보다 아름답다고 느낀 순간이었다. 그녀의 등장으로 사과는 재빠르게 줄어들었다. 그새 입소문이 났는지 점심시간쯤 되면 품절이었다. 회사원들이 줄을 서서 사 갔다. 단골 손님도 생겼다. 하지만 남자와 여자는 말이 없었다. 그들은 사과를 내밀거나 깎아주기만 했는데 여자의 미모 때문에 말을 거는 사내들이 많았으나 그녀는 입을 열지 않았다. 영화 보러 가실래요? 어떤 남성이 데이트 신청을 해왔다. 하지만 여자는 고개를 가로저었다. 남자는 자존심이 상했는지 옆을 가리켰다. 저놈이 네 남친이냐? 사과를 깎던 손이 멈췄다. 나는 지금도 그 여자의 눈빛을 기억한다. 남자는 여자와 눈이 마주치자 우적우적 말없이 사과를 씹으며 돌아섰다. 여자는 경멸어린 시선으로 그를 한심하게 쳐다보고 있었다.

사람들은 상인이 오기 전부터 사과를 기다렸다. 폭스바겐이 나타나면 그녀도 나타났는데 어디에 숨어 있다가 나오는 건지 남자가 주차를 하고 나무 상자를 꺼낼 때쯤이면 또각또각 걸어와 벤치에 앉았다. 사과 듀오는 서로 다른 부서에 출근하고 퇴근하는 회사 직원들처럼 자기 할 일만 하고 사라졌다. 이쯤 되면서부터 나는 두 사람에게 호기심이 생겼는데 대체 뭐 하는 사람들이기에 점심시간에 나타나 사과를 팔고 깎고 사라지는 것인가 궁금해졌다. 그것도 돈벌이가 안 될 정도로 적게 받으면서 말이다. 이건 나만의 호기심은 아니었는지 사과 듀오는 곧 전파를 타기 시작했다. 뉴스 기자가 나타나 사람들을 인터뷰했다. 상인과 여자에게도 인터뷰를 요청했으나 거절당했다. 영상은 줄서서 기다리는 사람들 위주로 구성되었다. 사과 깎는 여자와 기타를 치는 남자는 짧게 보도되었다. 하지만 뉴스를 시작으로 방송국 사람들이 모여들었다. 아침 방송부터 시작해서 저녁 방송, TV 다큐멘터리 방송에 예능까지 찾아왔다. 그들은 카메라를 설치하고 끈질기게 인터뷰를 요청했으나 매번 거절당했다. 사과 듀오는 방송을 타고 인터넷을 넘나들었다. 직업은 뭘까? 나이는? 아직 학생이 아닐까? 인터넷에 다양한 추측들이 오고 갔다. 제일 유력한 것이 대학생 설이었는데 근처에 연극영화과로 유명한 대학교가 하나 있었다. 네티즌들은 연기 연습하려고 사과를 파는 거 아니냐며 확실하다고 했다. 어느덧 소문이 기정사실화되자 방송국은 대학교로 찾아갔다.

연극영화과를 방문해 두 사람을 아느냐고 물었다.

처음 보는 사람들인데요.

연극영화과 학생들은 물어보는 족족 모른다고 답했다. 혹시 몰라 몇 년 전 졸업사진까지 들쳐봐도 남자와 여자의 얼굴은 보이지 않았다. 오히려 연극영화과 교수가 물어왔다. 뭐 하는 사람들이래요? 저희도 몰라서 이러고 있답니다. 하하. 서로 웃고 묻는 장면이 방영되자 사람들은 새로운 가설들을 쏟아냈다. 남자는 잘생기고 여자는 예쁜 걸 보니 서로 남매 아닌가부터 시작해서 과수원집 아들이다, 커플이다, 신혼부부다, 심지어 불륜인데 이런 식으로 커버 치고 뒤에서 몰래 만나는 거다까지 사람들의 주장은 다양했다. 사과 듀오는 SNS로 이어졌다. 그리고 곧 사과를 넘어 남자와 여자에게 호감을 드러냈다. 대중들 사이에서 사과를 먹는 유행이 불기 시작했다. 주말을 이용해 사람들은 사과를 사 먹었고 연예인들도 동참했다. 유명 기획사 사장까지 찾아와 사과를 사 먹으며 명함을 내밀었다. 사장님들은 워낙에 사과 듀오가 잘생기고 예뻐 자신들 소속 연예인으로 키워보고 싶어 했으나 그들은 그런 것에 관심이 없어 매번 사과만 팔았다. 이쯤 되고 보니 사과도 사과지만 남자와 여자의 외모가 새삼 회자되어 패션이 유행하고 스타일을 따라 하는 사람들이 생겨나기 시작했다.

이번 시즌의 대표 히트 상품은 블랙 미니 드레스와 메리제인 슈즈였다. 디자이너들은 서울 패션 위크를 통해 다양한 소재의 검은 원피스들을 선보였다. 검은색 물을 진하게 먹여 수작업으로 물 빠짐 흔적을 만든 시스루 원피스라든가 아님 목까지 쫙 달라붙는 블랙 원피스가 만들어졌다. 모델들은 굽 높이가 다른 메리제인 슈즈를 신은 채 런웨이를 걸어다녔다. 이 현상을 뉴욕과 파리, 런던, 밀라노가 지켜보고 있었다. 한국에서 불기 시작한 메리제인 슈즈와 블랙 원피스의 유행은 대륙을 넘나들었고, 세계적인 패션 편집장 안나는 '한국은 지금 미래지향적인 레트로를 선보이고 있다'며 '이번 시즌의 다양한 아이템들이 기다려진다'라고 인터뷰했다. 곧이 어 해외 브랜드에서 다양한 색상과 디테일을 추가한 메리제인 슈즈가 만들어졌다. 4대 패션 위크는 새로 나온 메리제인 슈즈에 맞춰 옷을 만들기 시작했다. 디자이너 들이 공개한 쇼에는 사과 깎는 여자의 모습이 은은하게 배어 있었다. 특히 '이브 생 로랑' 쇼가 두드러졌는데 금 발의 깡마른 모델이 블랙 니트에 블랙 미니스커트를 입 은 채 맨발로 나와 사과 하나를 먹어치우고는 손가락을 핥았다.

'여자가 아름답기 위해 필요한 것은 블랙 스웨터와 블 랙 스커트, 그리고 옆에 사랑하는 남자가 전부다'라고 이브 생 로랑은 말했죠. 그가 죽고 나서 몇십 년이 흘렀 는데도 지금 다시 증명되고 있어요. '블랙에는 하나가 아니라 무수히 많은 색상이 존재한다'라고 피력한 그의 말을 되새기며 이번 컬렉션을 준비했습니다. 디자이너 는 인터뷰 끝에 이런 말을 남겼다.

이제는 애플도 블랙의 한 종류입니다.

패션계는 지금 원피스를 넘어서 블랙, 검정색 폭포가

쏟아지고 있었다.

하지만 그러거나 말거나, 여자는 분명 잡지에서 인터 뷰 기사를 다 읽었을 텐데도 여전히 미동도 하지 않은 채 사과만 깎고 있었다. 발등을 가로지르는 메리제인 슈 즈를 신고서 음식물 쓰레기봉투에 사과 껍질을 담아 버 렸다.

사과 듀오는 도시의 명물이 되었다. 다들 서울을 오 면 남자와 여자를 보러 왔다. 하지만 사과의 수는 한정 돼 있고 북적대는 사람은 많아서 두 사람을 보는 것은 쉽지 않았다. 나도 그랬다. 인파에 가려 더는 메리제인 슈즈가 보이지 않았다. 그들은 너무나 유명해졌다. 하지 만 상인은 사과의 수를 늘리지 않았고 다 팔고 나면 자 리를 떠났다. 그건 여자도 마찬가지였는데 사람들은 사 과만 먹는 것에 시시해졌는지 여자나 남자, 또는 둘 다 에게 줄 선물을 손에 쥐고 아침부터 기다렸다. 사과를 받을 때 준비한 것을 내밀면 사과 듀오는 그때서야 입 을 열었다. 감사합니다. 이게 다였지만 우리들은 열광했 다. 그들의 기억에 남고 싶고 감사 인사라도 받고 싶었던 사람들은 각자 센스 있는 선물을 주기 위해 머리를 굴렸다. 여자는 손님들이 준 과도로 사과를 깎거나 스카프를 머리에 둘렀다. 남자는 다양한 프레임의 선글라스나 모자를 쓴 채 나타났다. 사과 듀오의 열기는 식을 줄 몰랐다. 팬 카페도 생겨 카페 회원들이 패널에 편지를 써 붙여두었다. 그중에 여자에게 반해 고백을 하던 남성도 포함되어 있었다. 그는 매번 거절당하자 깊게 좌절한 나머지 과도를 휘둘렀다. 주위에 있던 사람들이 남성을 진압했으나 여자의 손이 칼날에 스쳤다. 나는 순간 사과 듀오의 얼굴이 변하는 것을 보았다.

그리고 계란이 날아온 것은 순식간이었다.

사람들 속에 숨어 있던 누군가가 계란을 던졌다.

얇은 껍질이 깨지면서 노른자는 으깨지고 아래로 떨어졌다.

그들 앞으로 달걀이 쏟아졌다.

얄팍하게 깨지는 껍질 뒤로 흰자와 노른자를 분리하던 얇은 막이 무너져 내리면서 사람들은 험악해지기 시작했다. 어디선가 욕설이 들려오고 몸싸움이 일어났다.

계란을 던진 것은 근처 시장 상인들이었다. 그들은 싹수가 노란 연놈들이 우리를 괴롭히고 있다며 이거나 먹으라고 했다. 주위에 있던 사람들이 그들을 막아섰으나 역부족이었다. 남자는 차에서 내렸다. 그는 화가 났는지 사과를 던지려고 했다. 사과를 집으려는데 여자가 팔을 들어올렸다.

그만.

여자가 들어 올린 팔은 터진 계란으로 얼룩덜룩했다.

남자는 허공에서 팔을 멈추었다. 그는 잠시 그대로 서 있다가 다시 사과를 내려놓고 여자에게로 향했다.

괜찮으세요? 얼른 차에 타세요. 병원에 갑시다.

여자는 얼굴에 달라붙은 머리카락을 떼어냈다.

남자는 괜찮다는 여자를 태우고 자리를 떠났다.

우리는 멍하니 눈을 껌벅이며 그곳에 서 있었다.

그 뒤로 사과 듀오는 나타나지 않았다.

그들이 나타난 지 정확히 99일째 되는 날이었다.


남자와 여자는 사라졌다. 흔적도 없이 사라진 그들은

서점 맞은편 나무 그늘로 돌아오지 않았다. 하지만 사람들의 관심은 계속 이어져서 그들은 광팬을 질타하고 나섰다. 너 때문에 일이 이렇게 된 거라며 사실 그들과 한패가 아니었냐며 떠들어댔다. 일부러 나서서 분위기를 어수선하게 만들었다는 게 사람들 주장이었고, 곧 이어 너 때문에 계란이 던져졌다며 몰아세웠다. 너만 아니었으면 시장 상인들도 나서지 못했어. 모두가 그 사람을 생매장시킬 분위기였다. 결국 남자가 정신과 치료를 받기 시작하고 나서야 험한 분위기는 누그러졌다. 그 이후로 사람들은 시장 상인들을 욕하다가 점차 여자와 남자를 그리워하기 시작했다. 어디 있어요? 보고 싶어요. 사람들은 블로그에다 이런 글들을 남겼고 뒤늦게 소식을 접한 해외 팬들은 슬퍼했다. 정말 귀여운 사람들이었는데. 귀찮게 안 할게요. 돌아와요. 이런 글들이 인터넷상을 채워나갔지만 그들은 돌아오지 않았다. 이후로 그들을 따라 한 배장수나 키위 커플, 복숭아 자매까지 나타났으나, 다들 반응이 영 시원치 않았다. 그들의 노골적인 상술에 사람들은 거부감만 드러냈을 뿐이었다. 그들을 따라 하던 과일장수들이 소리 없이 사라지고 서점 앞을 가로막던 사람들이 흩어졌다.

서점 앞거리는 다시 한산해졌다.

그렇게 우리는 서울의 명물이었던 두 사람을 떠나보냈다.

그쯤부터 맞은편 건물에 공사가 시작되었다. 밤낮을 시끄럽게 하는 판에 안 그래도 줄어든 손님이 더 줄어들었다. 하지만 도시에서 공사는 흔한 일이었으므로 다들 귀를 막고 지나쳐갔고 나 또한 그랬다. 이어폰으로 음악을 들으며 컵라면을 먹든가, 사장님과 함께 김밥을 나눠 먹었다. 공사 중인 건물과 서점 사이에 사과 듀오가 머물곤 했던 나무와 벤치가 있었다. 맞은편 건물주는 리모델링하는 것으로도 모자랐는지 분수까지 만들었다. 거리 중앙에 인부들이 북적거렸고 이번 달 매출이 급격하게 줄어들자 사장님 표정은 눈에 띄게 어두워졌다. 안 그래도 교보문고에 밀리는 판인데, 공사에다 험악한 인부들까지. 에효. 사장님은 뜨개질을 하다 말고 한숨을 쉬었다. 그러게요. 나도 사장님 앞에선 한숨을 따라 쉬었지만 속으로는 행복했다. 손님이 별로 없으니 이거 거저먹는 꿀 알바였다. 가만히 계산대 앞에 앉아 막내사탕이나 빨며 만화책을 읽을 수 있었다. 공사가 끝나갈 무렵 분수는 완성되었다. 생크림 케이크처럼 하얗게 만들어진 분수는 투명한 물을 쏟아냈다. 삼단 케이크 모양으로 쌓아올려져 금테두리로 장식이 마감된 분수는 거리의 대표적인 약속 장소로 사용되던 나무 그늘 벤치를 벗어나 시원하게 만들어주었다.

우리는 분수대 앞에서 만났다.

오늘 다섯시까지 분수 앞으로 와.

나 또한 남자 친구랑 데이트를 할 때나 혹은 친구들을 만날 때도 분수대 앞으로 약속을 잡았다.

먼저 완성된 분수는 사람들을 끌어모았다. 아이스크림 카트를 끌고 다니는 아저씨와 트럭을 개조해 베이글이나 와플, 커피를 파는 상인들이 모여들었다. 우리는 시원한 물줄기 아래에 앉아 아이스크림을 먹거나 또는 샌드위치를 먹었다. 나 또한 점심시간이 되면 분수에 앉아 블루베리 베이글이나 혹은 크림치즈를 바른 베이글을 먹었다. 분수는 이 거리의 대표 장소가 되었고 사람들은 궁금해졌다. 왜 분수까지 설치한 걸까? 이상하게 공사가 진행될수록 사람들 마음은 설레었다. 분수가 마음에 들어버려서 뭐가 생길지 모르는 건물에 벌써 호감이 가버렸다.

다들 공사가 끝나길 기다렸다.

여름이 다 지나기 전, 맞은편 건물에 공사가 끝났다.

하지만 흰 천으로 덮어놓아서 볼 수는 없었다.

거대한 흰 천막 밑으로 사람들이 들락날락거렸다.

저기에 뭐가 생길까?

나는 남자 친구와 이야기를 나누었다.

미술관 아닐까?

에이, 설마. 요 근처에 미술관 세 개나 있잖아.

세 개나 있다고?

몰랐냐? 시립 미술관, 대림 미술관, 서울 미술관. 이렇게 있잖아.

아 그렇구나.

나는 남자 친구의 옆모습을 한심하게 쳐다보았다.

그럼 카페?

야, 커피 만드는 사람이 분수를 왜 만들어.

그런가?

생각 좀 해.

그럼 넌 뭐라고 생각하는데?

글쎄, 왠지 편집매장일 것 같아.

편집매장?

응.

남자 친구는 고개를 갸웃거렸다.

사람들은 흰 천막 속에 숨겨져 있는 것이 무엇인지 알고 싶어 했다.

그리고 막연한 기대를 품었다.


가을로 넘어서는 10월에 천막은 걷어졌다.

나는 맞은편에 생긴 건물을 보고 놀랐다.

사람들도 놀랐다.

맞은편에 생긴 건, 뜻밖에도 애플 스토어였다.

5층짜리 건물에 아이팟과 아이패드, 노트북과 아이폰이 진열되어 있었다.

1층에는 아이팟, MP3를 위한 곳이었다.

2층에는 아이패드, 태블릿 PC를 위한 공간이었다.

3층에는 맥과 맥북, 노트북과 컴퓨터 본체를 진열해 놓았다.

4층에는 아이폰, 핸드폰을 위한 제품과 액세서리들이 준비되어 있었다.

그리고 마지막, 5층에는 그들이 있었다.

누구냐고? 바로 사과 듀오 말이다.

사과 듀오가 5층에서 우리들을 내려다보고 있었다.

그렇다. 이 모든 것은 쇼였다.

사과를 한 상자 파는 것도 옆에서 사과를 깎는 것도 다 계획적인 일이었다. 맞은편에 생길 애플을 위해 공사 백 일 전부터 퍼포먼스 홍보에 나선 거였다. 두 사람은 애플 스토어가 완공되어 공개될 때 인터뷰에 응했다. 발빠르게 섭외를 마친 보그 매거진 에디터가 10월호 메인으로 인터뷰를 공개했다.

자, 그럼 이제 그들의 인터뷰를 읽어보도록 하자.

**블랙, 심플, 애플**

미지에 쌓여 있던 분수의 주인공은 애플이었다.

애플은 흔적도 없이 사라졌던 사과 듀오를 데리고 다시 돌아왔다.

궁금증을 풀기 위해 사과 듀오를 만나보기로 하자.

에디터 : 만나서 반갑다.

사과 듀오 : 우리도 반갑다.

에디터 : 묻고 싶은 것이 산더미라, 선뜻 뭐부터 시작해야 할지 모르겠다.

사과 듀오 : (웃으며) 천천히 해도 된다.

에디터 : 그럼 이것부터 묻겠다. 사과 듀오는 왜 생긴 것인가?

여자 : 그건 내 아이디어였다. 우리는 애플 스토어 코리아 지사 광고 마케팅 소속으로 일하고 있는 직원들인데 본사에서 아시아를 대표하는 나라로 성장 중인 한국에 애플 스토어를 만들어주겠다고 했다.

에디터 : 그래서 쇼를 기획한 건가?

여자 : 그렇다. 한국엔 제대로 된 애플 매장이 없었다. 그래서 소식을 듣고 한국에도 봄이 오는구나 싶어 사원들을 소집해놓고 사과를 팔자고 말했다.

에디터 : 사원들을 소집했다? 그럼 직책이?

여자 : 팀장이다.

에디터 : 이쪽은?

남자 : 말단 사원이다.

에디터 : 호호호. 어쩌다 말단 사원이 사과를 팔게 되었나?

여자 : 얘가 애들 중에서 제일 잘생겼다. 그래서 나가서 사과를 팔라고 했다.

에디터 : 그럼 사과는 어디서 구했나?

여자 : 애들 풀어서 구했다. 팀원들이 사과를 긁어 모아온다. 그러면 우리는 예쁘고 깨끗하고 싱싱한 것만 골라 상자에 담고 남은 것은 나눠 먹었다.

남자 : 덕분에 사과만 실컷 먹었다.

에디터 : 그렇게까지 골라낸 이유가 있나?

여자 : 애플을 보여주기 위해서였다. 애플은 튼튼하고 아름다우며 흠이 없는 완벽한 제품이다. 우리 제품은 사과 한 알처럼 유용한 기술력을 가지고 있다. 매일 아침 사과를 먹으면 의사가 필요 없다는 말처럼 애플은 사람들에게 '힐링'을 제공한다. 그들에게 만족감을 채워줄 수 있는 디자인. 그게 애플이다. 애플뿐이다. 그걸 자랑하고 싶었다.

에디터 : 와우, 겸손한 자랑을 위해 사과까지 고르다니, 힘들진 않았나?

여자 : 피곤하고 힘들었다. 하지만 정신적으로 얻은 게 많은 프로젝트였다. 남은 사과 버리기 아까워서 부서 사람들 삼시 세끼 사과만 먹었다. 근데 먹다 보니 사과가 진짜 좋은 열매라는 걸 깨달았다. 다들 체중 감량이 되었고 피부가 맑아졌다.

에디터 : 앗, 그럼 피부 비결이?

여자 : 그렇다. 사과 때문이다.

에디터 : 세상에, 정말 좋은 정보다.

여자 : 나는 사과를 먹을 때마다 잡스가 대단하다는

생각을 한다. 그는 사람들에게 도움이 되는 사과처럼 인류의 발전에 도움이 되는 아이디어를 창출해냈다. 그거 아나? 사과는 역사적으로 깊게 인류에게 도움을 준 과일이다. 뉴턴은 떨어지는 사과를 보고 중력을 발견했고, 중세 사람들은 선악과를 사과로 표현했으며, 잡스는 이 모든 걸 간파하고 애플을 만들었다. 정말 대단한 사람이다.

　에디터 : 심히 공감된다. 그럼 여기서 궁금한 게 한 가지 더 생기는데, 팀장은 왜 사원 옆에 앉아서 사과를 깎게 되었나?

　여자 : 사과는 좋은 열매지만 단 하나의 단점을 가지고 있다. 그건 껍질이다. 뭐, 사과를 껍질째 먹으면 건강에 좋다는 의학 연구가 발표되었다지만, 농약 뿌리고 기르는 열매를 어떻게 통째로 먹을 수 있겠나. 먹으면서도 불안하다. 그래서 단점을 보완하기 위해 내가 직접 사과를 깎았다. 이것이 애플의 서비스다. 우리는 사람들과 직접 소통하길 원하는데, 그걸 증명하려면 내가 필요하다.

에디터 : 그래서 그 많은 사과들을 깎았나?

여자 : 그렇다. 애플은 단점을 줄이기 위해 노력하는 기업이다.

에디터 : 그런 노력이 빛을 발해 많은 사람들에게 사랑을 받은 것 같다.

여자 : 많이 놀라웠다. 내 패션이 유행하는 게 신기했다.

에디터 : 맞다. 전 세계 여자들이 당신에게 영향을 받았다. 패션 위크가 그 생생한 증거다.

여자 : 당신도 블랙 원피스를 구입했는가?

에디터 : 날 뭘로 보는가?

여자 : 그래서 샀는가?

에디터 : 다섯 벌이나 샀다. 그런데 왜 블랙 원피스를 입게 되었나?

여자 : 잡스가 블랙 터틀넥과 청바지를 즐겨 입었기 때문이다.

에디터 : 백 일을 목표로 기한을 잡았다고 들었는데 아쉽게도 구십구 일에 끝내야 했을 땐 어땠나?

여자 : 속상했다. 일이 그렇게까지 커질 줄은 몰랐다. 그렇게 많은 사랑은 처음이라 그런 일이 생긴 것 같다. 여러분들이 주신 사랑 어떻게 표현해야 할지 몰랐다.

에디터 : 많이 다쳤나?

여자 : 아니. 심하게 다치진 않았다. 칼끝이 손등에 스쳐 피만 살짝 흘렀는데 충격은 컸다.

에디터 : 계란까지 맞아야 했을 땐 어땠나?

여자 : 당황스러웠다. 그때는 몰랐는데 집에 가서 보니까 팔에 멍이 들어 있었다.

에디터 : 왜 계란을 던졌는지 알고 있나?

여자 : 근처 시장 상인들이 그런 거라는 기사는 읽었다. 그런데 이유는 정당해지지 않았다.

에디터 : 그렇다. 그건 비열한 짓이었다.

여자 : 계란을 맞으면서 느낀 건 흰자가 감정인 것 같고 노른자가 이성인 것 같다는 거였다. 그뿐이었었다. 아님 흰자가 의식이고 노른자가 무의식이든가. 사실 잘 모르겠다. 깨지기 쉬운 껍질 속에 든 노른자와 흰자를 던지는 마음. 노른자가 으깨지고 흰자에 튀는 과정에서

상인들이 얻을 수 있는 건 무엇이었을까.

에디터 : 화가 난 사원을 말렸다고 들었다.

여자 : 계란 껍질이 산산조각 나는 것처럼 영양소가 파괴되는 걸 목격한 터라 자아가 흔들렸다. 나는 그러고 싶지 않았다. 완전식품으로 분류되는 달걀이 쓸모없어지는 과정에서 사과까지 더하고 싶지 않았다. 사과는 남을 아프게 하라고 던지는 것이 아니다. 그건 본질에 어긋나는 행동이다. 다른 사람의 에고를 따라 영양소가 가득 든 훌륭한 음식을 던지는 것은 바보 같은 행위다. 맞는 사람은 아프다.

에디터 : 아팠나?

여자 : 아팠다. 하지만 얻은 것도 있다. 그날 이후로 머릿속에 든 지식이 아무리 많이 쌓여 있다고 해서 안전한 건 아니란 걸 배웠다. 머릿속에 든 지식을 삶든 굽는 어떤 식으로든 응용할 줄 알아야 하고 그래야 사람들이 먹을 수 있고, 먹을 수 없는 걸 자꾸 먹으라고 하는 건 폭력이고 강요란 걸 느꼈다. 자신의 생각을 먹을 수 있게 표현할 줄 알아야 그 안의 영양소를 남들이 받아

들일 수 있다. 굳이 던져가면서까지 남을 아프게 할 필요는 없다.

에디터 : 맞다. 그건 무식한 짓이다.

여자 : 만약 상인들이 감정 실린 주장을 던지지만 말고 맛있게 요리할 줄만 알았다면 어땠을까? 거기까지는 생각이 치달았는데 그 외는 모르겠다.

에디터 : 거기까지 생각했나?

여자 : 음, 부끄럽다. 다른 이야기로 넘어가도 되나?

에디터 : 된다. 5층은 어떤 공간인가? 많은 사람들이 문의하고 있다.

여자 : 5층은 AS센터다. 여러분도 아시다시피 한국은 애플 AS가 최악이다. 그래서 새로 마련했다. 물건을 팔았다고 해서 소비자와 관계가 끝나는 것이 아니다. 나에게 마케팅은 인간관계의 한 종류로, 돈으로 끝나지 않는다. 계속해서 이어져나가야 연속적으로 대중들과 어울릴 수 있다. 그래서 AS센터 겸 해서 부서 사무실을 아예 여기로 옮겼다. 우리의 친구, 대중들의 이야기를 더 잘 듣기 위해서 분수도 설치했다.

남자 : 우리는 쉬면서 놀듯이 소통할 공간이 필요했다.

에디터 : 그럼 사과는 왜 천 원에 판매한 건가?

여자 : 애플이 합리적인 가격대로 제품을 제공한다는 걸 보여주고 싶었다. 가격을 거품처럼 부풀리지 않겠다는 의지였다. 천 원으로 맛있는 사과를 먹을 수 있듯이 합리적인 가격대로 멋진 기술을 이용할 수 있게 하겠다는 뜻이었다.

에디터 : 그럼 마지막으로, 애플을 정의해줄 수 있나?

여자 : 애플은 깔끔하고 심플하다. 블랙처럼 모든 색을 아우르는 카리스마를 지니고 있으며 불필요한 군더더기가 없다. 모든 색이 섞이면 결국 검정이 되듯, 모든 장점과 기술이 섞이면 애플이 된다. 심플함은 깊은 울림을 준다. 황금사과를 차지한 미의 여신 아프로디테처럼 여러분들의 머리를 맑게 해주는 기술과 디자인으로 다가가겠다.

에디터 : 여기까지, 개운한 인터뷰였다. 감사하다.

에디터 : 우리도 감사하다.

잡지를 덮었다. 분수대 근처에 '사람이 미래'라는 광고판이 세워졌다. 나는 서점에서 나왔다. 애플 스토어 입구에 왕골 바구니가 놓여졌다. 사과 듀오는 오늘, 나머지 하루를 채우기 위해 마지막 이벤트를 준비했다. 바구니에 빨간 사과가 가득 쌓여 있었다. 남자는 분수에 앉아 기타를 연주했고, 광고 마케팅 부서 사람들이 건물 앞에 앉아 사과를 깎았다. 사람들은 줄서서 사과를 받아갔다. 나도 줄 끝에 가서 섰다. 손에 천 원을 쥐고 처음이자 마지막으로 그들에게 사과를 사 먹었다. 돈을 내밀고 여자가 사과 깎는 걸 기다렸다. 길어지는 사과 껍질을 바라보다 그녀의 발등을 내려다보았다. 팀장은 메리제인 슈즈를 신고 있지 않았다. 발등 위에 놓인 가느다란 끈 대신 발등 전체를 감싼 가죽이 보였다. 나는 여자의 발을 감싸고 있을 검은색 가죽 구두를 바라보다 사과를 받았다.

하얀 속살을 한입 베어 물었다. 달콤한 과즙에 취해 분수에서 튕겨나오는 투명한 물방울을 맞으며 사과를

씹었다. 사람들은 손에 사과를 쥐고 걷기 시작했다. 몇
몇은 노래를 부르는 남자 앞으로 가 앉았다.

당신은 왜 사과를 깎지 않나요?

어떤 여자가 남자에게 물었다.

그는 잠시 노래를 멈추고 답했다.

저는 사과를 깎을 줄 모릅니다.

그러곤 다시 노래를 부르기 시작했다.

나는 반주에 맞춰 사과를 씹었다. 입안 전체에 채워진
사과에 집중하느라 다른 생각이 떠오르지 않았다. 그저
황홀한 심정으로 그렇게 앉아 끝까지 먹었다. 사과 기둥
을 쓰레기통에 버리려는데 광고판이 눈에 들어왔다.

'사람이 미래'라는 광고판 앞에 쓰레기통이 설치되어
있었다.

나는 서점을 그만두기로 결심했다.

헌팅 트로피

출근길은 추웠다. 버스를 기다리는데 갑작스러운 눈보라를 만났다. 도망치듯 근처 가게 안으로 들어섰다.

어서 오세요.

가게는 호두과자를 파는 곳이었다. 기계는 안쪽에서 규칙적으로 움직였다. 반죽된 밀가루를 짜고 팥이 올라가고 뚜껑이 닫힌다. 옆으로 움직이면서 틀이 돌아간다. 호두과자를 뱉어내는 기계 앞에 소년 한 명이 서 있다. 하얀 가운에 위생 모자를 쓰고 일회용 장갑까지 낀 채로 호두과자를 포장한다. 흰색 종이로 싸서 박스에 담는다. 아이가 혼자서 모든 것을 하고 있었다. 기계는 야속

했다. 아이의 속도와 무관하게 호두과자를 만들어 계속 쏟아냈다.

한 봉지 주세요.

어떤 걸로요?

네?

나는 남자 앞에 붙여진 메뉴판을 보았다.

경주빵?

네.

남자는 얼굴에 의문이 생기자 읽고 있던 신문을 접었다.

저희는 경주빵도 팔거든요.

그러고 보니 맞은편에 또 다른 기계가 있었다. 빵이 완성되면 알아서 박스로 밀어넣는 기계였다. 반죽된 밀가루를 짜고 팥이 올라가고 뚜껑이 닫힌다. 틀이 돌아가면서 옆으로 움직이는 건 호두과자와 똑같다. 하지만 기계가 포장까지 맡아 했다. 낱개로 비닐 포장된 경주빵들이 박스로 떨어진다. 기계는 박스가 채워지면 새 박스를 내놓았다.

우와.

신기하죠?

나도 모르게 감탄을 내뱉었다.

호두과자 한 봉지 주세요.

네, 네.

남자는 자리에서 일어섰다. 그는 기계 쪽으로 걸어가 아이가 포장한 호두과자를 셌다.

이천 원입니다. 감사합니다.

남자는 이천 원을 받고 허리 숙여 인사했다. 그러곤 다시 의자에 앉아 접었던 신문을 펼쳤다.

아저씨.

네?

나는 남자의 전력이 궁금해졌다.

아저씨, 전에는 뭐 하셨어요?

뭐 그냥.

남자가 눈썹을 모은다.

길거리에서 붕어빵 팔았죠.

붕어빵이오?

네.

남자가 신문을 접었다.

어릴 때 부모님이 돌아가셔서 대학도 못가고 스무 살 때 붕어빵을 만들어 팔아야 했어요. 동생을 키워야 했거든요. 새벽에 일어나 밀가루를 반죽하고 팥을 준비해요. 지하철 입구에 자리를 잡고 앉아 밤새 붕어빵을 구워야 하죠.

주전자에 밀가루를 담아 틀에 붓고 팥을 올리고 다시 붓는다. 틀을 돌리고 다른 틀에 밀가루를 붓고 팥을 넣고 뚜껑을 닫는다. 양손을 쉴 새 없이 움직인다. 중간중간에 기름칠도 해주어야 한다. 꼬챙이로 일일이 틀을 돌리고 열고 붕어빵을 꺼내 작은 유리창 안에 넣으며 손님을 맞이한다. 얼마예요? 세 개에 천 원입니다. 천 원어치 주세요. 그러면 하얀 종이봉투에 붕어빵을 담고 천 원을 받는다.

그 일을 일 년 하고 보니, 제법 돈이 모여서 판을 벌였죠.

그래요?

네. 붕어빵도 팔고 풀빵장사도 했어요.

그는 붕어빵을 팔아서 번 돈으로 풀빵 틀을 사고 찌그러진 양은 주전자가 아닌 더 큰 주전자를 사서 쫙 붓고 팥을 잘라 올리고 다시 쫙 붓고 뚜껑을 닫았다. 양손에 꼬챙이를 들고 서서 동시에 틀을 돌렸다. 그리고 손님들을 맞이했다. 얼마예요? 풀빵은 일곱 개에 천 원, 붕어빵은 세 개에 천 원입니다. 그래요? 그럼 한 봉지씩 줘 봐요. 아이고, 감사합니다. 이상하게도 사람들은 풀빵과 붕어빵 중에서 하나를 고르지 않았고, 한 손에 풀빵과 다른 손에 붕어빵을 든 채로 집으로 향했다.

오 년을 하다 보니 돈이 제법 꽤 모이더라고. 그래서 지금은 이렇게.

그렇군요.

처음에는 호두과자만 했는데 뭔가 심심해서 지금은 경주빵도 하고 있어요.

아. 그럼 저.

나도 모르게 나온 말이었다.

경주빵도 하나 주시겠어요?

남자는 씩 웃으며 자동 포장된 박스를 들고 왔다. 나는 오천 원을 내밀었다.

　감사합니다.

　남자는 오천 원을 받고 허리 숙여 인사했다.

　근데 아저씨.

　네?

　저 아이는 뭔가요.

　아, 알바생.

　어려 보이는데요.

　생긴 건 저래 보여도 고등학생입니다. 겨울방학 동안 일하고 싶대서.

　그렇군요.

　남자는 신문으로 손을 뻗쳤다.

　아저씨.

　네?

　아저씨는,

　나는 한 손에 호두과자를 다른 손에 경주빵을 든 채 말했다.

B급 영화를 만드는 감독 같아요.

남자의 얼굴에 의문이 생기는 것을 보고 가게를 나섰다. 찬 바람과 차가운 눈 사이에서 빵의 따스함과 갓 구운 냄새가 흘러나왔다. 나는 호두과자가 담긴 봉투에 코를 박고 버스를 기다렸다.

당신은 오드리 햅번의 허리 사이즈를 아는가. 티파니에서 아침을 먹을 때 입었던 드레스는 24인치로 위베르드 지방시가 디자인했으며 최근 경매에 붙여졌다. 인도의 불우한 아동을 위해 수익금을 모으는 기부 경매장으로 오면 당신은 마네킹에 걸린 옷을 볼 수 있을지도 모르겠다. 사람들은 블랙 드레스를 보기 위해 런던 크리스티 경매장으로 모여들었다. 마지막에 드레스가 공개되었는데 두 명의 직원이 흰 장갑을 끼고 들어와 상태를 확인시켜주었다. 박음질과 천, 허리 드레이핑까지 모두 완벽했다. 경매는 치열했다. 망치가 두드려지면 숫자도 올라갔고 손도 여기저기서 올라왔다. 시간이 지나면서 참여가 줄어들었지만 경매가는 지치지도 않고 올라서 전화로 참가한 두 명만 남았다. 그들은 대리인을 통해 경매를 진행시켰는데 휴대폰을 든 두 사람이 진행 상황에 따라 번갈아가며 손을 들어올렸다.

41만 파운드!

이쪽 대리인과 저쪽 대리인의 눈이 마주쳤다. 이쪽 대리인이 고개를 숙이고 저쪽 대리인이 씩 웃으며 손을 들어올렸다.

낙찰되었습니다!

세기의 경매가 끝났다. 사람들은 칠억을 주고 옷을 산 사람이 누구인지 알고 싶어 했으나 낙찰자의 신원은 공개되지 않았다. 사람들은 궁금해서 불에 올려진 티 포트마냥 팔팔 끓었다. 도대체 누구야! 뿜어져 나오는 김처럼 소문이 무성해지면서 다들 영국 왕가의 새 며느리를 의심했다. 그녀의 사치가 연신 문제제기 되고 있던 참이었다. 기자들은 영국의 왕세손비를 후보에 올려놓고 드레스를 구입한 이가 누구인지 추적하기로 결심했다. 마침내 영국 데일리 메일에서 새로운 후보자를 찾아냈다. 영국의 축구 스타 데이비드 베컴의 부인 빅토리아가 후

보선상에 올랐다.

빅토리아 베컴은 오드리 헵번의 열렬한 팬이다. 그녀는 이미 다른 경매를 통해 헵번의 다이아몬드 초커를 샀을 뿐만 아니라 드레스의 허리 사이즈 24인치와 유사한 23인치의 허리를 가지고 있었다. 거기다 그녀는 롤모델이 누구냐는 질문에 망설임 없이 오드리 헵번을 지목했었고 헵번이 출현한 영화는 전부 보았으며 DVD로 영화 컬렉션까지 소장하고 있어 심심할 때마다 꺼내본다고도 했다. 하지만 베컴의 대변인은 드레스 소유 여부에 대해서는 여전히 묵묵부답으로 일관 중이다.

그래서 지배인은 오늘도 너도 칠억 원의 가치를 만들어야 한다며 블랙 드레스를 입으라고 권유하지만 나는 오늘도 청바지에 무스탕을 걸친 채 출근한다. 그는 웨이트리스를 이름으로 부르지 않고 별명을 이름삼아 불렀는데 60년대 해외 스타들을 좋아했다. 그는 나를 '오드리' 또는 '헵번'이라 불렀으며 나는 '마이엑스와이프시크릿레시피'에서 일한다. 전처의 비밀 요리법이 모토인 레스토랑에서 서빙을 하는데 지배인은 내가 호두과자와 경주빵을 사들고 출근하자 질색했다. 그리고 쉬지 않고 말을 쏟아냈는데 내용을 줄여보면 이렇다. "너의 자랑은 허리인데 그래서 '오드리 헵번'인데 그런 걸 먹으면 가는 허리가 급격히 두꺼워질 것이고 살이 쪄서 너의 매력이 지방에 묻힐 것이고 그러면 나는 너를 자를 수밖에 없다. 나는 그러고 싶지 않고 네가 망가지는 모습도 보고 싶지 않으니 그런 거 먹지 말고 몸매 관리를 꾸준히 해야 한다." 지배인은 탈의실 입구까지 쫓아오면서 말했고, 나는 탈의실 문을 닫기 전에 그에게 호두과자와 경주빵을 내밀어야 했다.

대단하지 않니?

탈의실에는 마릴린이 있었다. 마릴린은 먼로처럼 풍만한 가슴과 엉덩이를 가지고 있어 유니폼을 입으면 옷이 타이트해진다. 나는 이름이 적힌 캐비닛을 열고 옷을 갈아입었다. 캐비닛 문 안쪽에 달린 전신거울로 옷매무새를 가다듬고 머리를 깔끔하게 올려 묶었다.

이것 좀 해줄래?

먼로가 내 앞에 앉았다. 나는 몸을 숙여 먼로의 뒷머

리에 실핀을 꽂아주고 돌아앉았다. 면로도 머리카락이 흘러나오지 않게 내 머리를 실핀으로 고정시켜주었다. 우리는 서로의 캐비닛을 닫고 탈의실을 나섰다. 지배인이 주방으로 가 내가 사 온 경주빵과 호두과자를 그곳에 던져두었다.

막내 요리사가 경주빵과 호두과자를 먹고 있었다.

맛있어요?

다 식었어요.

막내 요리사가 답한다.

어떤 게 더 맛있어요?

둘 다 똑같은 맛인데요.

막내 요리사는 오른손에 호두과자를, 왼손에 경주빵을 집어 든 채 말했다.

모양만 다르지, 맛은 똑같아요. 똑같이 차갑게 식었어요.

지배인이 우리를 부른다. 그는 문을 열기 전에 웨이트리스들을 모아놓고 상태 확인을 하는데 주로 옷매무새와 메이크업을 살폈다. 우리는 진한 화장을 해서는 안

되고 자연스러운 얼굴로 손님들을 맞이해야 했다. 유난히 색조 화장을 싫어하는 지배인 덕분에 우리는 립스틱과 매니큐어까지만 허용되었고 거기에 향수까지 포함되어 있었다.

그래서 우리는 경쟁적으로 다양한 색의 립스틱을 바르고 서로 다른 향수를 뿌리며 스트레스를 풀기 위해 네일아트를 받으러 간다.

향 좋은데?

그가 재키 앞을 지나면서 칭찬한다. 늘 이런 식이다. 웨이트리스들 사이사이를 걸어다니며 오늘 예쁜데? 립스틱 색 좋은데? 어, 머리카락 빠진다, 같은 말들을 하면 우리는 지적들을 받아들이고 고친다. 그게 꼭 벽난로 위에 설치된 사슴 머리와 같아서 등골이 서늘해진다.

자, 좋았어.

지배인이 만족스러운 표정을 지었다.

오늘도 열심히 움직여보자고!

네!

우리는 대답한다. 지배인이 신인 감독처럼 우리들을

바라보며 흐뭇해하고 각자 맡은 파트를 잘해주길 바란다. 그는 카메라를 켜듯이 잠가놓았던 문을 열었다. 잠시 후, 영화를 관람하러 온 사람들과 다를 바 없는 손님들이 들어오고 나면 우리는 표정을 바꾸고 지배인 뜻대로 움직이기 시작한다. 안녕하세요. 반갑습니다. 몇 분이세요? 네. 자리 안내해드리겠습니다. 메뉴판입니다. 천천히 주문하세요. 우리는 각자 맡은 담당 테이블에서 주문을 받고 음식을 서빙하며 와인이나 물을 따라준다. 그러면 그들은 식사를 하면서 우리를 구경한다. 손님들은 우리에게 무언가를 시키고 과한 손동작을 하면서 어떤 것을 지시한다. 그들이 음식과 서비스에 만족하고 나면 우리의 역할은 곧 끝이 난다. 손님들이 계산을 하고 레스토랑을 떠나면 뒤에 남는 흔적들을 치운다. 다 치우고 나면 새로운 관객들이 들어온다.

오늘도 그랬다.


마지막 손님을 기다리는데 동그란 안경을 쓴 남자가 걸어왔다. 그 뒤로 단발머리 여자가 들어왔다. 남자와 여자는 커플이었다. 지배인이 알려주었다. 백 일 기념으로 예약한 손님들이다. 하지만 특별한 날에 만난 커플치고는 사이가 싸늘했다. 그새 싸운 건가. 지배인의 가슴이 부풀어오르기 시작한다. 좋아. 오드리! 잘해보자! 지배인은 항상 이런 상황을 좋아했다. 들어올 때는 뭔가 서먹하고 냉전 중인 사람들이 식사를 하면서 갈등을 풀어나가고 나갈 때는 행복해하길 바랐다. 영화의 한 장면처럼 갈등을 풀어주고 스토리를 만들기 위해 지배인은 항상 최선을 다하는데 그게 성공할 때마다 그는 크게 만족했다.

그럴 때마다 정말이지 그는 B급 영화감독이랑 다를게 하나도 없었다.

나는 그들을 창가로 안내했다.

코스 요리는 세 가지로 준비되어 있습니다.

A 코스가 제일 싸고 B가 중간, C가 제일 비싸다. 이유는 A가 야채와 밀가루로 구성되어 있어서고 B는 육류 위주, C는 해물 위주로 구성되어 있어서다. 요즘 해물 값이 많이 올랐다. 한때는 우리 레스토랑에서 한우가 제

일 비쌌었는데 지금은 갑각류와 생선의 시대다. 대부분의 커플들은 B를 먹는다. A는 남자가 주문하자니 자존심 상하고 그러자니 C는 가격이 부담스럽다. 그러니 자연스럽게 B를 먹는데 그걸 유도하기 위해서 남자들은 다양한 행동들을 시작한다.

B에 네가 좋아하는 메뉴 있네.

여기 B 코스에 있는 디저트가 맛있어.

아, 나 해물 알레르기 있잖아. 이거 먹자.

오빠 괜찮아. 나 A 먹어도 돼.

듣고 있으면 맞은편에 앉은 여자 대신 이렇게 말해주고 싶어진다. 하지만 입은 꾹 다물고 미소만 지은 채 주문을 받는다. 나는 이 커플도 몇 번의 말을 주고받은 채 B를 주문할 거라고 생각했다.

하지만 여자는 메뉴판을 보자마자 덮었다.

C 코스로 주세요.

구성은 보지도 않았다. 여자는 오로지 가격만 보고 주문했다. 남자의 의견은 묻지도 않았는데 나는 동그란 안경을 쓴 남자를 쳐다보았다. 그는 가방을 뒤적이느라 바

빠서 우리 쪽을 쳐다보지도 않았다.

C 코스로 하시겠습니까?

네.

내가 물었을 때 그는 가방을 헤집으며 건성으로 답했다.

지배인이 주방에서 커피를 마시고 있었다. 카페인은 핑계고 커플이 주문한 메뉴가 무엇인지 궁금해서였다. 내가 요리사에게 C 코스라고 답하자 지배인은 그럴 줄 알았다면서 잔을 내려놓았다.

그래. 그 정도는 먹어야 화가 풀리지.

커플이 화해를 하려면 C 코스 정도는 먹어줘야 한다. 지배인이 이 말을 중얼거리며 요리사에게 이번 요리는 신경 써서 해달라고 말했고 요리사는 대답도 하지 않았다. 나는 트레이에 식전 빵과 와인을 담아서 가져갔다. 그들은 내가 빵을 내려놓고 와인을 따르는 동안 아무 말도 하지 않았는데 남자는 아직도 가방을 뒤적이느라 바빴다. 와인 시음을 기다리는데 남자는 잔에 손도 대지 않았고 여자가 대신 마시고 결정했다.

어떠세요?

좋네요. 근데 이것보다 좀 더 스위트한 거 없나요?

남자가 가방에서 눈을 떼고 말했다.

그냥 마셔.

와인 병을 테이블 중앙에 내려놓고 주방으로 돌아왔다.

내가 뜨겁고 진한 수프를 가져갔을 때 둘의 분위기는 다소 누그러져 있었다. 그들은 트렌치코트에 대한 이야기를 나누고 있었는데 남자는 이태원에 흑인이 운영하는 재즈 카페에 갔다가 어떤 할아버지를 만났다고 했다. 백발의 할아버지가 손녀를 데리고 와서 식사를 하고 계셨는데 노인은 트렌치코트를 입고 손녀는 머리를 양 갈래로 따서 묶은 채 앉아 있었다고 한다. 노인은 재즈를 들으면서 에스프레소를 마셨고 손녀는 팬케이크를 먹었다. 그 모습을 지켜보던 남자는 할아버지 테이블로 건너가 이런저런 이야기를 나누었는데 서로 가지고 있던 트렌치코트에 대해 말했다고 한다.

트렌치코트를 열여섯 벌이나 소유한 연금 수급자 할

아버지였어.

그래?

응.

그는 할아버지가 해준 말을 들려주었다.

아들내미는 왜 계속 같은 거를 사느냐고 불평하는데 나는 그렇게 생각하지 않아. 얼핏 보면 그게 그거 같지만 실은 다 다르거든. 며느리는 내가 노망나서 있는 옷을 없다고 우긴다 하는데, 아니야. 내 옷장을 열면 미세하게 다른 트렌치코트가 열여섯 벌이나 있네. 나는 그걸 매일 번갈아가며 입지. 트렌치코트라는 분류만 같을 뿐이지, 디테일은 다 다르네. 나는 그런 것이 좋아. 왜 사람도 겉만 놓고 보면 저게 그 사람이고 이게 그 사람 같을 때가 있잖아? 하지만 파고들면 다 다르지. 비슷해 보여도 똑같은 건 없다 이 말이네.

그래서?

색도 다 달라. 연한 베이지, 진한 베이지, 서류 봉투 같은 누런색. 단추나 벨트도 다 다르네. 금색 버클로 만들어진 벨트나 금단추일 때도 있고, 흰색 단추에 가죽

벨트를 가진 코트도 있지. 그리고 깃. 깃도 달라. 뾰족한 깃, 둥근 깃, 네모난 깃. 아들이랑 며느리는 그게 그거 같아 보이더라도, 내 눈엔 아니라 이 말이야. 나는 그걸 사람 보는 눈과 똑같다고 말하지. 그걸 알아보지 못하면 나중에 된통 당해. 사기당하기 십상이라고.

남자는 늙은 목소리를 흉내 내며 말했고, 여자는 빵을 조금씩 뜯어 먹으며 듣고 있었다.

그래서?

그래서 할아버지랑 하루 종일 놀았어.

그리곤 끝이었다. 둘은 대화를 중단하고 수프를 먹었다. 여자는 빵조각을 내려놓고 수프를 먹었고 남자는 수프에 후추를 뿌렸다.

둘이 무슨 이야기 해?

내가 주방으로 돌아가자 지배인이 다가왔다.

남자가 바람났대?

아뇨.

나는 잠시 구두를 벗었다.

심각한 이야기 하던 것 같던데.

트렌치코트 이야기만 하던데요.

얼른 신어.

지배인은 내 발을 보더니 정색했다.

뭐 하는 짓이야. 내 앞에서 구두 벗지 마.

죄송합니다.

나는 구두에 다시 발을 집어넣었다.

샐러드를 가져갔을 때 둘은 디자인에 대한 이야기를 나누고 있었다. 나는 수프 그릇을 치우고 샐러드를 내려 놓았다.

남자가 말했다.

나는 새 구두를 신고 돌아다니다 보면 갑자기 작업실에 들어가 그림을 그리고 싶어져.

그렇게 스케치를 하다 보면 작품이 나오고 그걸 실제로 만드는 게 그의 일이었다.

머릿속에 있는 걸 현실로 만드는 게 가능하다는 것을 알게 되면 삶이 눈부셔진다. 나란 사람 자체가 눈부셔지는 거다. 그래서 나는 디자이너가 된 것 같다. 다들 처음에는 색안경을 끼고 말한다. 그게 어떻게 가능하냐, 말이 되는 소리를 해라. 그러곤 미친놈으로 취급하는데 해보지도 않고 그런 말을 내뱉는다. 사람은, 오해와 이해 사이에서 살고 있는데 이해하기는 어려우니까 그냥 오해하려고만 한다. 그게 싫다. 다른 사람들이 만든 오해를 나는 계속해서 풀어나가야 하니까. 그런 사실들이 털실 뭉치를 보니까 아련하게 느껴져서 그래서 니트를 전공으로 공부한 것 같다.

이런 오해들을 풀어서 만든 진실이 내 디자인이 된 거지.

동그란 안경을 쓴 남자의 정체는 디자이너였다.

그러니까 날 좀 이해해주면 안 돼?

남자가 말한다. 하지만 여자는 반응이 없다. 이번에도 대화가 중단되고 둘은 샐러드에 집중한다. 포크로 야채를 찍는 것만큼이나 중요한 것은 없다는 듯이 서로를 쳐다보지도 않는다. 남자는 샐러드를 먹기 전에 후추를 뿌렸다. 지배인은 와인 셀러 앞에 서서 그들을 지켜보았다. 근데 그게 꼭 앵글을 잡고 촬영하는 카메라 같아서 중간에 낀 내가 다 불편해졌다. 내가 새우와 홍합 요리를 가져갔을 때 둘은 구두에 대한 이야기를 나누고 있었다. 샐러드 접시를 치우자 남자는 고개를 숙였다. 발을 보는 것 같았다. 나는 오 센티미터의 얇은 굽을 가진 검은 구두에 밑창은 빨간색인 기본 구두를 신는다. 우리는 일하는 동안 구두를 벗을 수 없는데 웨이트리스들은 모두 같은 것을 신은 채 돌아다닌다.

남자는 약속 전에 구두를 고르고 있었다. 진열된 구두 사이를 걷다 멈춰 서고 만져보며 구두를 신어보고 있었다. 그러곤 로퍼를 한 켤레 샀는데 흰색 몸통에 뒷부분과 앞부분은 파란색 가죽으로 덧댄 신발이었고 발등 부분에 앙증맞은 솔이 달려 있는 제품이었다. 검은색 조끼를 입은 직원이 구두를 포장해주었는데 직원의 손이 너무 느려 그만 늦고 말았다.

늦어서 미안.

남자는 사과했다.

근데 이거 예쁘지 않아?

남자는 여자가 볼 수 있게 일어선 다음 앞으로 다가왔다.

잘 샀지?

하지만 여자는 로퍼를 쳐다보지도 않았다. 대답도 안 했는데 오직 새우에만 시선을 고정시킨 채 와인을 마셨다. 지배인의 시선이 느껴졌다. 내가 끼어들 타이밍이라는 신호였다. 우리는 손님들이 어색하게 만들어놓은 분위기까지 정리해야 한다. 나는 생각했다. 구두를 신는 것은 힘든 일이다. 다른 사람보다 유독 발이 약해서 그런 것일 수도 있다. 하지만 구두를 신고 걸을 때마다 발을 타고 올라오는 충격은 누구에게나 다 똑같다.

날이 선 가죽이 살을 파고드는 통증은 참을 수 없을 만큼 생생하다. 그런데 왜 사람들은 계속 참고 신으면서 걸어다닐 수 있는 거지?

이유를 그에게 물어봐야겠다.

안 아프세요?

네?

발이오.

아.

그는 자리로 돌아가 앉았다.

당연히 아프죠.

근데 왜 신을까요?

네?

그니까, 구두를 신으면 발이 꼭 죄어서 뼈랑 살이랑 붙은 것 같잖아요. 딱딱해지는 기분도 들고 걸을 때마다 뒤꿈치가 까져서 아프고 부드러운 살에 물집이랑 상처만 생기는데 이게 건드리기만 해도 아프잖아요. 그런데 왜 사람들은 계속해서 구두를 신는 걸까요?

그건 구두에만 적용되는 문제가 아닌 것 같네요.

그는 새우와 홍합에 후추를 뿌렸다.

원래 내 것이 아니었잖아요.

하지만 발 사이즈는 똑같은데 왜 아픈 거죠?

그건 사람들을 모아 평균으로 만든 수치일 뿐이지 발은 개인마다 다 다르죠. 사람을 그렇게 쉽게 평균화시킬 수는 없어요. 애초에 내 것이 아닌 이상 길들이는 시간이 지나야 비로소 나와 조화를 이룰 수 있죠. 그게 삶이에요. 저는 그걸 구두를 통해 극단적으로 느껴요. 그래서 구두를 좋아하죠. 새 거를 신다 보면 발이 긴장되고 아파요. 하지만 통증의 기간이 지나고 나면 무엇과도 바꿀 수 없는 편안함이 따라오죠. 이제 누구의 것도 아닌 내 거잖아요. 나한테 맞춰져 있으니까 마음대로 할 수 있죠. 인생도 그런 거예요. 내 삶을 갖기 위해선 이런 '길들이기' 같은 수련의 시간이 필요한데. 처음부터 모든 걸 완벽하게 잘하는 사람은 없잖아요?

그렇군요.

성공에는 이런 물집처럼 다른 사람들의 시기와 질투가 따라붙지만 다 없앨 수 있는 방해물이라고 생각해요. 저는요. 물집을 볼 때마다 다른 사람들의 편견이 떠오르거든요. 잘못된 생각이 부풀어올라 가지고 마치 원래 살이었던 것처럼 나를 방해하는데, 내가 좋아하는 구두를 못 신게 하죠. 하지만 바늘을 소독해서 하나씩 따낼 때처럼 편견을 부숴버려야 내가 하고 싶은 걸 하면서 살수 있어요. 그래야 그들이 틀린 걸 아니까. 후에 아픈 걸 우린 스스로 치료해야 되고요. 그게 내가 구두를 통해배운 삶의 진리예요.

남자는 나에게 로퍼 신은 발을 내밀었다.

멋있지 않아요? 아무리 봐도, 잘 산 것 같아.

멋진 로퍼예요.

고마워요. 식사가 맛있군요.

감사합니다. 다음 요리도 기대해주세요.

트레이를 밀고 주방으로 가는 나에게 지배인이 엄지손가락을 추켜세웠다.

순간 가운뎃손가락을 내밀 뻔했다.

C 코스의 정식 메인인 바닷가재를 기다리는데 켈리가 다가왔다. 그녀는 그레이스처럼 우아한 몸짓을 가진 여성이었는데 조심스러운 말투로 조곤조곤하게 독한 말을 할 줄 알았다.

저 사람 그 사람 아니니?

누구?

동그란 안경 쓴 남자.

그는 디자이너인데 란제리를 제작하는 사람이었다. 해외 패션 대학에서 니트를 전공으로 졸업해놓고 데뷔는 란제리 디자이너로 했다. 때문에 모두들 그를 주목하고 있었다. 그는 자신의 전공을 살려 니트를 이용한 전통 코르셋이나 뷔스티에를 선보였고 단숨에 패션계의 이단아로 뛰어올랐다. 그는 직접 회사를 차린 다음 란제리 컬렉션을 내놓았는데 단숨에 여성들을 사로잡았다. 여성들은 그가 만든 속옷을 좋아했는데 안정감 있고 부드럽고 유연하며 따뜻하다는 게 주된 이유였다.

겨울에 얼마나 따뜻한데. 이거 입고 히트텍 입으면 끝. 내복이 필요 없어.

켈리가 나에게 속삭인다.

나 지금도 입고 있거든.

그걸 저 사람이 만든 거야?

응.

와우.

나는 감탄했다. 그래. 가슴을 따뜻하게 해줄 수 있다면 심장도 녹일 수 있지. 심장을 녹여버리면 온몸도 녹일 수 있다. 그런데 정작 왜 여자 친구는 차갑게 되어버렸을까. 재키가 다가온다. 재키는 한국말이 서툴다. 그녀는 혼혈인데 아빠가 스페인 사람이고 엄마가 한국인이다. 일 년 전에 한국으로 왔는데 지배인은 그녀의 이

국적인 외모만 보고 무작정 뽑았었다. 그래서 우리는 그녀를 불편하게 생각했었다. 저래서 주문이나 받을 수 있겠어? 뒤치다꺼리만 생기지. 면로는 재키가 제풀에 지쳐 그만둘 거라고 생각했다. 하지만 그녀는 일 년을 버텼고 한국어도 열심히 공부했다. 우리 예상과 달리 재키가 느리게 주문을 받아내도 사람들은 화내지 않았다. 그녀가 느리고 허스키한 목소리로 웃으면 사람들은 느긋하게 기다려주었다.

여자, 화 많이 났나 봐.

네 눈에도 그래 보여?

응. 눈매가 차가워. 서늘해.

나는 바닷가재를 트레이에 담았다.

내가 갔을 때 둘은 싸우고 있었다. 남자는 손에 무엇인가를 들고 있었는데 여자는 그것 때문에 화가 났다. 나는 빈 그릇을 치우다 보았다. 남자의 손에 들린 것은 플레이보이 매거진이었다. 남자는 매거진을 한 손에 말아 쥐고 있었고 여자는 낮은 목소리로 말을 내뱉었다.

오늘까지 그럴래?

갑자기 왜 그래?

치워.

여자는 그동안 참고 있었다. 남자가 자신의 앞에서 야한 사진을 보는 것은 부적절하지만 작업의 한 부분이기 때문에 이해하고 있었다. 남자는 플레이보이 매거진을 보면서 그 위에다 스케치를 바로 하고 속옷을 그린다. 스케치북에다 스케치를 할 때도 있지만 대부분은 직접 사진을 보면서 바로 그렸고 속옷의 구조를 분석했다. 그게 플레이보이 매거진을 매달 정기 구독하는 이유이기도 했다. 하지만 남자는 항시 가방에 넣어 가지고 다니면서 뭔가 떠오를 때마다 꺼내서 그림을 그리곤 했다. 지금도 그랬다. 까만 홍합 껍질을 벌려 속살을 먹다가 무언가 떠오른 남자는 스케치를 하려고 잡지를 꺼냈다. 하지만 여자는 한계에 다다랐다. 백 일이 되는 날까지 다른 여자의 엉덩이와 가슴을 뚫어져라 쳐다보는 그를 용납할 수 없었다. 나는 그때서야 여자가 분노하는 이유를 알았다. 여자는 남자가 약속 시간에 늦은 것 때문에 화난 것이 아니다. 둘만의 백 일에 플레이보이 매거진을 챙겨왔는지 아닌지를 확인한 남자의 태도 때문에 화난 거다. 그의 두 손에는 늘 풍만한 여성들이 둘둘 말려져 있었겠지만 오늘은 달라야 했다. 그의 손에는 휴 헤프너의 여자들이 아니라 바로 그녀가 들어 있어야 했다. 정성스럽고 따뜻한 눈길로 다른 여자의 벌거벗은 몸을 보는 게 아니라 바로 맞은편에 앉은 그녀를 바라봐야 했다. 하지만 그는 풍만하고 인위적인 부위들을 내려다보며 손에서 펜을 놓을 줄 몰랐고 실제 여자 친구가 아닌 사진 속의 그녀들에게 입혀질 속옷들을 더 중요하게 생각하고 있었다. 백 일에 저녁을 먹으러 온 자리에서, '마이엑스와이프시크릿레시피'에 플레이보이 매거진을 들고 오다니.

여자는 고개를 돌렸다. 통유리를 통해 내리는 비를 바라보다 남자의 손안에 말려 있는 플레이보이 매거진을 빼앗았다. 여자는 말릴 새도 없이 바닷가재 앞에서 사진을 찢었고 남자는 놀라서 소리를 질렀다. 뭐 하는 짓이야! 여자는 찢어진 조각들을 모으는 남자에게 말했다.

버려. 하지만 그는 대답하지 않았다. 남자는 조심스럽게 조각난 부위들을 주워 모아 주머니에 넣었고 와인을 마셨다. 다시 한 번 더 여자가 말한다. 버려. 저녁이나 먹자. 남자는 나무망치를 집어 들었고 그 손을 바라보던 여자가 자리에서 일어섰다.

선택해.

뭘?

넌 항상 그랬어. 날 네 식대로 길들이려고만 했지.

무슨 말을 그렇게 해!

넌 날 배려한 적이 없어.

그렇지 않아.

지금 당장 선택해. 나야, 플레이보이 매거진이야?

남자는 빵을 조금씩 뜯어 먹었다. 잠시 침묵이 흘렀다. 여자는 기다렸다. 하지만 남자는 묵묵히 빵 한 덩어리를 먹어치웠을 뿐이다. 여자는 화가 났다. 그래서 남은 플레이보이 매거진을 빼앗아 한 장도 남김없이 찢었고 테이블 위로 뿌렸다. 다양한 부위들이 붉게 익은 바닷가재와 와인잔 그리고 물컵 사이로 떨어졌고 바닥에도 흩어졌다. 여자는 손을 탁탁 털었다. 그러곤 가방을 들고 그대로 떠나버렸다.

난 네가 소유한 구두가 아니야. 네가 만든 속옷을 입었다고 해서 네 것이 아니란 말이야!

이 말을 남긴 채 여자는 레스토랑을 떠났다.

세상에.

우리는 당황했다. 남자가 여자가 아닌 플레이보이 매거진을 선택한 것이다. 낭만적인 백 일이 바닥에 흩어진 종잇조각처럼 산산조각 났다. 현실의 여자 친구보다 머릿속에 있는 상상을 선택한 남자가 창가에 홀로 앉아 와인을 마시고 있다.

단발머리는 금발머리에 푸른 눈을 가진 외국인들에게 졌다.

완벽한 패배다.

남자는 화가 난 것 같았다. 하지만 그는 침착하게 분을 삭이고 와인과 물을 번갈아 마셨으며 바구니에 담긴 빵을 마저 다 먹은 다음 가방을 챙겼다. 그러곤 나에게 신용카드를 내밀었는데 나는 재빨리 계산을 해서 돌려주었다. 남자는 자리에서 일어나 새 로퍼를 신은 발로 레스토랑을 떠났고 우리는 바닷가재와 나무망치와 흩어진 여자들을 살핀 채 내려다보았다.

지배인은 와인 셀러 앞에서 좌절하고 있었다.

오, 이런, 여기서 이런 일이 벌어지다니!

지배인은 레스토랑에서 비극이 벌어지는 것을 못 참는다. 이곳을 찾는 손님들은 항상 행복하고 즐거워서 기뻐해야 한다. 그런데 오늘 참담한 비극이 벌어지고 말았다. 레스토랑에 플레이보이 매거진이 떨어지고 커플이 깨졌다. 그는 영화를 실패한 감독처럼 서러워했는데 배우들이 NG를 냈다고 절규하는 모습이 꼭 B급 영화감독 같았다.

헛똑똑이 같으니라고.

나는 오지랖이 발동했다. 남자를 쫓아가서 말해주고 싶었다.

멍청아.

어쩌면 한 대 때리고 싶었는지도 모른다.

새로 산 구두를 길들이는 것만큼 중요한 게 있다면 그

건 바로 선택의 순간이다. 우리는 여기저기서 쏟아지는 신발 중에 나에게 가장 잘 맞고 마음에 쏙 드는 것을 골라야 한다. 나는 구두를 사기 전에 고민한다. 이게 계속 내 발을 자극해 불편함을 느끼게 만들 구두인지 아니면 어느 정도 기간이 지난 후에는 편안해질 구두인지 생각하고 또 생각해본다. 그렇지 않으면 도끼로 찍는 것처럼 한 걸음 한 걸음 발을 뗄 때마다 발이 아플 텐데 그러면 디자인이건 패션이건 간에 구두를 구석에 처박아두고 다시는 사지 않겠다고 씩씩거리고 있는 나를 발견하게 된다. 그래서 브랜드들이 연구를 하는 거다. 고객들이 떠나지 못하도록 붙잡아야 한다. 불편한 기간을 줄이지 못하면 디자이너의 생명은 끝이다. 아무리 아름다워도 참지 못할 고통이 수반된다면 결국 곁에 남아날 사람은 아무도 없다. 오죽하면 영국 여왕 엘리자베스 2세까지도 구두 길들이는 사람을 따로 고용했을까.

결국 구두로 돈을 버는 사람은 구두수선집이다. 발이 아파 우선 살아야겠다 싶으니까 우리는 수선집으로 달려가 구두를 늘려 신으면서 수선집 아저씨의 단골이 되는 거다. 정작 구두를 만들어준 사람은 원망하면서. 사람의 인간관계가 이렇게 참 아이러니하다. 사랑이란 감정을 만들어준 건 나인데 정작 우리는 사랑의 상처를 위로해주는 사람에게 발걸음을 돌린다. 만약 남자가 잘못을 깨닫고 다시 여자에게로 돌아갔을 땐 이미 늦었을 거다. 그녀에게 이미 다른 사람이 생겨 그보다 훨씬 부드럽고 푹신한 사람이 옆에 있겠지. 그러면 남자는 술에 취해 플레이보이 매거진을 앞에 둔 채로 울부짖을 거다. 누군가 그를 차마 등신이라고 부르지는 못하고 더더욱 때리지도 못한 채 위로해줘야만 할 거다.

신발은 발이 상처입지 않도록 보호하는 기능에서부터 시작된다. 사랑도 마찬가지다. 사랑을 하려면 상대방을 배려하는 마음을 잊지 않아야 한다. 발을 아프게만 하는 구두는 구두가 아니다. 존재 기능을 잃으면 양쪽을 바꿔 신은 신발처럼 지금의 상태가 이상해진다. 서로의 짝을 구분할 줄 알아야 무분별한 고통에 계속 노출되지 않는다. 우리는 바보처럼 참고 살지 않는다. 피투성이가 된 발을 보고도 누가 그 구두를 신겠는가.

우리는 이렇게 다짐하며 구두를 버릴 수밖에 없다.

다시는 저 사람한테서 구두를 사지 않겠어.


나는 테이블을 치웠다. 바닷가재를 도로 주방에 갖다 놓고 반쯤 마신 와인 병을 막내 요리사에게 주었다. 뜨거운 물을 받아 틀어놓은 싱크대에 잔과 접시를 담갔고 얼룩이 생겨 더러워진 냅킨을 세탁기에 넣었다. 그리고 조각난 부위들을 빗자루로 쓸었다. 지배인은 머리가 아프다며 타이레놀을 찾았고 먼로가 약과 물을 가져다주었다.

나는 엉덩이와 가슴과 금발머리들을 쓸어 모아 쓰레기통에 버렸다.

레스토랑이 깨끗해졌다. 이제 문을 닫을 시간이다. 나는 탈의실로 향했다.

피치 피크닉

스웨덴 과일맥주를 마시기 위해서 라멘 집으로 간다.

동네에 위치한 작은 라면 가게엔 맥주와 라멘을 팔았다. 우리는 그곳을 라멘 바라고 불렀다. 재일교포 남자가 운영하는 작은 가게는 허름했으나 새벽 늦게까지 열어서 우리는 종종 그곳을 3차로 가기도 했다. 오늘도 그랬다. 우리는 라멘과 맥주를 마시기 위해 자정에 라멘 가게의 미닫이문을 열고 탄탄멘 세 그릇을 주문했다. 모두들 자리에 앉아 앞치마를 뒤집어썼다. 비닐로 만들어진 일회용 앞치마를 꺼내 가운데 뚫려 있는 구멍에 머리를 집어넣고 옷을 가렸다. 만약에 당신이 긴 머리를 가진 여성이라면 일회용 앞치마 옆에 비치된 머리끈으로 머리를 묶을 수도 있겠다. 그러면 당신은 머리를 묶으면서 생각할 것이다. 여기 배려가 센스 돋는 곳이잖아! 그럼 준비 끝이다.

라멘이 나온다. 우리는 나무젓가락을 쪼개 바닥이 평평한 작은 국자에 국물과 함께 면을 담아 먹는다. 후루룩 면발을 빨다 보면 자연스럽게 맥주 생각이 난다. 얼큰한 국물에 속이 풀어지면서 시원한 술이 마시고 싶다. 우리는 맥주를 주문한다. 여기 스웨덴 과일맥주 세 잔요. 이곳 라멘 바로 오면 당신은 세계 각국의 술을 마실 수 있다. 일본 라멘을 먹으며 벨기에를 아님 영국 그것도 아님 원하는 다른 나라를 마실 수도 있다.

당신의 취향에 따라 맥주와 라멘을 골라 먹고 마실 수 있는 곳.

이곳은 '피치 피크닉'이다.


주인장은 20대 남성으로 복숭아를 좋아한다.

그래서 가게 안은 복숭아 통조림으로 가득하다. 통조

림 속에 든 달콤한 과육으로 칵테일을 만들면서 그는 요리를 한다. 주인은 손님이 없으면 통조림을 꺼내 먹는다. 고리에 손가락을 끼워넣어 뚜껑을 열고 점선을 따라 쇠를 뜯어낸다. 그러면 달콤한 특유의 향이 훅 올라오면서 그의 식욕을 자극한다. 입에 고이는 침을 삼키는 동안 통조림을 엎는다. 과육 덩어리와 국물이 그릇으로 쏟아진다. 우리가 라멘을 먹을 동안 주인은 복숭아를 먹는다. 나무젓가락으로 면발을 들어 올리는 손님들 맞은편에 서서 주인은 포크로 노란 과육을 찍어 입안으로 가져간다. 미끄덩한 덩어리를 한입 베어 물고 나면 우물우물 씹는다. 그리고 다시 또 한 입. 그렇게 또 한 입. 통조림 한 통을 다 비우고 나면 우리는 그동안 라멘 한 그릇을 뚝딱 비운다.

그리고 다 같이 맥주 한 캔씩.

잠깐 동안의 행복한 외식. 잠시 동안 누리는 작은 사치. 이것이 우리들만의 피크닉이다.

주인장은 한국에 온 지 일 년밖에 되질 않았다. 일본에서 라멘집을 운영하는 아버지 밑에서 둘째로 태어난 그는 형에게 라멘집을 물려주려는 가족들을 떠나 한국으로 건너왔다. 그는 한국어를 공부하며 라멘을 끓이고 맥주를 팔았다. 당신이 복숭아와 맥주 혹은 라멘을 좋아한다면 이곳을 꼭 방문해야 한다. 나는 자신 있게 추천하는 바이다.

조미료에 난도질을 당한 혀가 천천히 치유되는 곳. 이곳은 피치 피크닉이다.

그동안 내 혀는 도미노처럼 욕구불만에 쌓여 있었다. 싸구려 포르노 같은 식당이 늘어나면서 도시는 욕구불만의 도미노 속으로 점점 쓰러져가고 있었다. 하지만 이 식당은 다르다. 폐유에서 튀겨지는 검은 뼈를 가진 닭다리처럼 그 사이에서 어렵게 발견한 흰 뼈를 가진 고귀한 맛. 상앗빛의 오동통한 면발과 질 좋은 닭 뼈로 우린 라멘. 거기다가 생맥주가 추가된 세트 메뉴를 시키면 둘의 조합을 눈으로도 보고 입으로도 맛볼 수 있는 시간이 다가온다.

더불어 나 같은 사람들을 만날 수도 있다.

나는 미식가이다. 패션 매거진에서 일하는 맛 칼럼니

스트이자 '김서룡 옴므' 양복을 즐겨 입는 편집 에디터 신사다. 나는 굽 소리만 듣고도 어떤 브랜드의 구두를 신었는지 구분할 수 있는 감각이 예민한 사람이며, 만약 당신이 향수를 뿌리고 내 앞에 나타난다면 어떤 브랜드의 향수를 사용했는지 알아맞힐 수도 있다. 옷을 만지면 어떤 재질로 만들어졌는지 구분해내기도 하고, 수많은 디자인 중에서 나에게 가장 어울릴 만한 옷을 뽑아 골라낼 줄도 안다. 나는 오감이 민감하게 타고난 사람이다.

그중에서도 가장 민감하게 반응하는 것이 미각이었는데 나는 음식을 먹으면 맛이 어떠한지 온몸의 감각을 이용해 표현할 줄 아는 사람이었다. 그래서 나는 이곳을 좋아한다. 나와 함께 식사를 하다 보면 알게 될 것이다. 당신이 피치 피크닉에서 밥을 먹게 된다면, 먹는 행위가 얼마나 중요한 것이지를 실감하게 될 것이다. 나는 언제나 즐겁게 식사를 하는 사람들을 바라본다. 음식을 먹기 전부터 향과 모양을 살피고 입으로 씹는 손님들 사이에 앉아 기다리고 있노라면 라멘이 오기도 전부터 벌써 침이 고인다. 사람들의 표정을 보고 아, 진짜 맛있나 보다,라는 생각이 드는 것이다. '맛있다'라는 단어가 나오기도 전에 사람들의 표정이 이미 모든 것을 말해주고 있다. 내가 생생한 표정 후기를 보고 덩달아 기분이 좋아질 때쯤, 그때에 맞춰서 음식이 나온다. 즐거움을 나누면 배가 된다는 말은 음식을 통해 나온 것임이 분명하다. 맛있는 음식을 나눠 먹는 것만으로도 우리는 쉽게 서로의 기분을 공유할 수 있기 때문에.

그래서 나는 복숭아 통조림을 먹는 사내에게 매일같이 맛을 배우는 심정으로 틈만 나면 피치 피크닉으로 발걸음을 옮긴다. 라멘을 시키고 맥주를 마시며 눌러앉아 주인과 함께 시간을 보낸다. 당신이 지금 이곳으로 달려온다면 스웨덴 과일맥주를 마시고 있는 양복쟁이와 과일 통조림을 먹는 주인장을 보게 될지도 모르겠다. 포크로 우아하게 과육을 잘라 먹는 주인장을 보다가 당신은 자기도 모르게 의자에 앉아 메뉴판을 펼치게 될 것이다. 여기 메뉴판 좀 주세요. 특별한 날에 온다면 당신은 스테이크를 먹을 수도 있겠다. 가끔 주인장은 고기를 굽는다. 그런 날이면 나는 라멘집에서 스웨덴 과일맥주와 함께 스테이크를 먹는다. 복숭아 통조림을 먹는 사내는 라멘 말고도 다른 요리들을 할 줄 알았다. 그는 요리를 전공으로 일본에서 대학까지 갔다 온 사람이었다. 핼러윈이거나 눈 내리는 날, 그는 매끄러운 철판을 꺼내 뜨겁게 달군다. 검은 판에 고기가 올라가면 마블링 틈 사이로 연기가 빠져나와 가게 안을 가득 채운다. 주방은 뿌연 연기 속으로 스며들고 귀를 기울이면 소금 알맹이가 튀어오르는 소리를 들을 수도 있다. 주인장은 스테이크를 만드는 날엔 라멘을 끓이지 않는다. 그날에는 오직 스테이크만 먹을 수 있다. 그래서 우리에게 주어지는 선택권은 굽기의 정도와 맥주일 뿐이다. 나는 라멘 바의 문손잡이를 잡을 때 오늘은 고기를 먹을 날인지 아님 라멘을 먹을 날인지 감지한다. 그럼 우리는 레어나 미디엄 아님 웰던 중에서 하나를 골라 외치기만 하면 된다.

그러면 알아서 스테이크가 나온다.

두꺼운 스테이크와 통조림 속에 들어 있던 황도가 타

원형의 접시에 나와 담긴다. 냅킨으로 둘러싸인 나이프와 포크는 테이블에 비치되어 있다. 우리는 기다리는 동안 냅킨을 펼치고 양손에 나이프와 포크를 쥔다. 당신은 엥? 스테이크에 웬 황도? 라며 의문을 가질 수도 있겠다. 하지만 먹어보기 전에는 모른다. 고기의 육즙과 따뜻한 피에 어울리는 건 감자튀김이나 으깬 감자샐러드가 아닌 바로 달콤한 과육의 복숭아다. 고기 한 점에 노란 복숭아를 한입 베어 물고 나면 입안 가득 달콤한 과육으로 부드러운 기름기가 섞어 들어가면서 부서지고 녹는다. 두툼한 고기 살점과 복숭아가 만나 기름기를 흡수하고 달큰하면서도 깔끔한 맛이 우러나온다. 그래서 나는 그가 만드는 라멘도 좋아하지만 그가 굽는 스테이크도 안 좋아할 수가 없다.

그날도 그랬다. 나는 어제, 아니 오늘 자정에 친구들과 함께 라멘을 먹으러 왔었지만, 저녁때 다시 혼자 라멘 바를 찾았다. 인공위성이 반짝이는 밤하늘 아래, 문 손잡이를 잡는 순간 오늘은 고기를 먹는 날이란 걸 깨달았고 나이프와 포크가 부딪치는 소리를 들었다. 문을 밀어보니 주인장은 포크와 나이프를 냅킨으로 둘둘 말고 있었다. 나는 주인장 맞은편에 앉아 그를 도와주었다.

오늘 무슨 날인데요?

응?

핼러윈은 지났고 크리스마스는 멀었는데, 그렇다고 폭우나 눈은 올 것 같지 않고.

뭐, 그냥.

그냥?

손님이 와.

주인장은 그렇게만 말했다.

과연 세팅을 끝마치고 손을 풀고 있자니 손님이 들어왔다. 주인장이 기다리고 있던 손님은 긴 생머리를 가진 여성이었다. 그녀는 핑크색 코트에 레인부츠를 신고 있었다. 헌터, 사냥꾼이라는 브랜드명을 가진 고무장화를 신은 여자는 코트를 벗었다. 내 시선으로 들어온 검은 머리는 차분했으며 윤기가 흘렀다. 여자의 머리는 허리까지 흘러내렸고 머리색이 피부보다 더 진했으며 차분했다. 머릿결 사이로 반짝이는 링 귀걸이가 보였고 그녀는 길이가 짧은 하얀색 티셔츠를 입고 있었다. 티셔츠에는 영어 문구가 적혀 있었는데, 해석해보자면 '오 나의 미래!'라고 쓰여 있었고, 가슴이 커서 그런지 짧은 티셔츠 밑으로 그녀의 갈비뼈가 드러났다. 나는 그녀의 얼굴로 시선을 옮겼다. 여자의 갈색 눈동자는 풍성한 인조 속눈썹 사이에서 빛나고 있었으며 입은 껌을 씹고 있었다. 그녀는 나를 바라보며 풍선을 불었고 분홍색 껌이 투명하게 부풀어오르다가 터지기를 몇 번 반복하였다. 나는 여자의 미모에 감탄하면서 자리에서 일어났다. 여자는 내가 앉았던 자리에 앉아 주인을 마주 보았다.

주인은 살며시 미소를 띠며 철판 위에 고기를 올렸다. 레어.

여자는 씹던 풍선껌을 냅킨에 뱉었다.

나는 휴지를 집었던 손을 가만히 뒤로 숨겨두었다.

그녀는 나이프와 포크를 한쪽에 밀쳐두고 맥주를 가리켰다. 주인장이 나에게 곁눈질을 보냈다. 나는 고기를 굽는 주인 대신 맥주를 가져다주었다. 어떤 거? 이거?

나는 그녀의 손가락 끝을 따라 맥주를 골라 집어주었다. 스웨덴 과일맥주를 마시는 동안 여자는 흑맥주를 마셨지만 우리는 건배를 나누지 않았다. 고기는 금방 완성되었다. 주인장은 붉은 육즙을 그대로 간직한 고기를 접시에 담았고 통조림의 쇠를 뜯어냈다. 그는 내가 아는 요리사들 중에서 가장 레어를 잘 굽는 사람이었다. 그녀가 그걸 먹을 생각을 하니 내심 내 마음이 다 설레었다.

겉은 짙은 붉은색으로 온도를 올려 색을 내고 속은 붉은 육즙을 그대로 간직해야 하는 레어. 고기 내부 온도가 약 45도에서 55도를 유지해야 한다. 그래야 붉은 피를 뚝뚝 떨어뜨리면서도 비린내가 풍기지 않아 질 좋은 상태가 유지된다. 이건 노련하지 않고는 못 만드는 음식이다. 하지만 주인장은 그걸 해낼 줄 아는 몇 안 되는 사람 중의 하나였다.

냄새가 나지 않게 하면서도 피를 촉촉하고 따뜻하게 데워 고기를 만들 줄 아는 사람.

그는 레어를 만들기 위해 불의 세기를 조절하고 불판을 천천히 달군다.

그리고 딱 한 번 뒤집는다.

여성 앞으로 접시가 놓였다. 주인은 복숭아 통조림을 들고 그녀의 맞은편에 앉았다. 여자는 노란 과육을 신기한 듯이 바라보았다.

I've never seen this food before, what is this?(이런 음식은 처음 보는데, 이게 뭐죠?)

아, 황도.

황도?

낯선 발음이 어색했는지 여자는 고개를 갸우뚱거렸다.

예스, 황도. 베리 딜리셔스.

남자는 직접 과육을 한입 베어 물었다.

베리 스위트.

sweet?

접시에 담긴 고기를 보니 나도 레어가 먹고 싶어졌다. 하지만 그는 나를 쳐다보지도 않았다. 일주일에 다섯 번 꼬박꼬박 찾아오는 손님에게 이럴 수가 있나 싶지만, 여자가 너무 예쁘기에 오늘은 참는다. 여자는 노란 과육을 집어 먹는 그를 바라보며 나이프를 들었다. 고깃결 사이로 포크를 찔러넣고 나이프를 이용해 자른다. 그녀가 고기 한 점을 썰어 입안에 넣었다. 복숭아를 씹는 주인장과 함께 고기를 씹는 여자가 서로를 마주 보았다.

WOW.

여자의 반응에 나는 입가에 미소가 지어졌다.

언벌리버블.

피가 이렇게 맛있을 수 있나요? 씹을 때마다 피와 육즙이 쏟아지는데 이게 너무 달아서, 달게 먹는 나 자신을 돌아보게 돼요. 소들이 느꼈을 고통은 온데간데없이 사라지고 소가 품고 있던 피를 남김없이 빨아 먹는 것처럼 우리가 겪었던 아픔이 이 고기와 함께 사라져 소화가 되는 느낌이에요.

여자의 말을 해석해보자면 이렇다. 주인장은 예스, 예스. 고개를 끄덕이며 맞장구를 치고 있었지만 나는 의문이 들었다. 주인장, 지금 알아듣고 있긴 해? 내가 알기론 그는 일본어와 한국어만 할 줄 아는 사람이었다. 영어는 기초만 알고 있을 텐데 신기하게도 그는 여자가 하는 말을 다 알아듣는 눈치였다.

여자의 눈시울이 붉어진다. 그녀가 맥주를 들이켰다.
그러곤 황도를 먹었다.

WOW!

나는 다시 한 번 이번엔 크게 하하, 웃고 말았다.


주인장이 여자를 발견한 건 근처 편의점에 갔을 때였
다. 헬러윈, 고기를 굽던 날 새벽에 운동화를 신고 편의
점에 가던 주인장은 빗속을 홀로 걷고 있던 그녀를 발
견했다. 타이트한 간호사 복장에 의사 가운을 걸치고 가
터벨트를 착용하고 있던 그녀는 술에 취해 있었고 우산
은 들고 있지 않았다. 그는 편의점에 들어가는 대신 그
녀에게 걸어가 우산을 씌워주었고 둘은 말없이 비 내리
는 길을 걷다가 밝은 불빛을 바라보았다. 두 사람은 불
빛 쪽으로 걸음을 옮겼고, 자세히 보니 그곳은 세탁소였
다. 노란 불을 켠 세탁소는 아저씨와 함께였다. 아저씨
는 뿌연 김을 내뿜는 다리미로 옷을 다리고 있었다. 세
탁소 입구에 행거가 놓여 있었는데 이름표를 붙인 옷이

차양 아래 매달려 있었다, 아마 누군가 맡긴 세탁물이 거나 수선이 완성된 옷들이 아닌가 싶었다. 옷이 다 다려지면 아저씨는 비닐 커버를 씌우기 위해 몸을 돌렸다. 그들은 입구에 놓인 행거에 다가갔다. 남자가 안을 살피는 동안 그녀는 아저씨의 왜소한 등을 바라보며 차양 아래에서 비를 피하고 있는 코트 한 벌을 빼냈다. 여자는 비닐 커버를 벗겼다. 갓 다림질을 마친 코트였는데 제법 따뜻했고 아직 쇠판의 열기를 간직하고 있는 상태였다. 그녀는 코트 깃을 세우고 먼저 앞장서 떠났고 그는 말없이 코트를 훔친 게 미안해서 잠시 세탁소 입구에 서 있다가 아저씨가 다시 몸을 돌리기 전에 얼른 자리를 떠났다.

헐.

내막을 들은 내가 할 수 있는 말을 오직 이것뿐이었다.

저게 그 코트야.

나는 여자가 벗어놓은 코트로 시선을 옮겼다. 두툼한 핑크색 천에 목둘레에는 연한 색으로 배색 처리를 해놓은 디자인으로, 깃을 세우면 핑크색 사이로 연한 베이지색이 나오는 디자인이었다.

다시 그때로 돌아가자면, 그녀는 따끈한 빵 같은 코트 주머니에 손을 넣고 앞장서 걸었다.

그러다 걸음을 멈추고 그는 그녀를 자신의 가게로 데려가 녹차를 끓여주었다. 그리고 씻게 해주었는데 화장을 지운 그녀는 녹차를 마시며 팔을 모아 엎드린 상태에서 곧 잠이 들었다. 그녀는 잠에 빠지기 전에 분명 이렇게 중얼거렸다고 한다.

나 결심했어요.

뭘요.

그 개새끼랑 헤어질래요.

진짜?

나는 다시 묻지 않을 수가 없었다.

응.

한국어로?

어, 한국어로.

아주 또렷하게. 주인장이 고개를 끄덕이며 확인 사살

을 시켜주었다.

그리고 갑자기 일어나더니,

그는 갑자기 부끄러워하면서 통조림을 향해 고개를
숙였다.

입고 있던 젖은 옷을 벗었어.

그의 눈을 사로잡은 가슴은 정말 탱탱하고 싱그러웠
다. 햇빛에 잘 익은 검은 자두처럼 부풀어오른 두 덩이
가 그녀의 쇄골 아래 있었고, 속에 달콤한 즙이 가득해
서 씨앗 있을 자리가 없어 밀려나온 것처럼 젖꼭지가
톡 튀어나와 있었다. 주인장은 당장이라도 두 손으로 껍
질의 감촉을 느끼면서 씨앗을 입에 넣고 뒤에 숨겨져
있을 즙을 빠는 자신을 상상해보았다. 그리고 얼른 고개
를 저었다. 여자는 코트를 입은 채 다시 잠이 들었고 남
자는 그렇게 그녀가 일어날 때까지 가게를 떠나지 못했
다. 그러다 지쳐 벽에 기대 졸다가 깨어났을 때 여자는
떠나고 없었다. 대신 메모가 한 장 남겨져 있었다.

오늘 저녁에 다시 온다고 적혀 있는 메모였어.

그건 영어로 쓰여 있었다고, 그래서 주인장은 네이버

로 검색해서 여자가 남기고 간 문장을 해석했다고 말했다. 우리가 대화를 나누는 사이, 여자는 고기를 다 먹어 치웠고 황도마저 싹싹 긁어 먹었다. 그녀는 빈 접시를 내려다보며 맥주병을 비웠고 굶주림이 마저 다 채워졌는지 눈매가 부드러워졌다. 그녀는 우리를 향해 몸을 돌렸다.

있잖아요? 오늘 연극 한 편을 봤어요.

우리는 그녀의 유창한 한국어 실력에 놀라 잠시 혀가 굳어졌다.


중국식 프라이팬처럼 우묵하게 파인 무대에서 이리 뛰고 저리 뛰는 배우들과 전체적인 스토리와 주제의식이 한데 섞이지 못한 작품이었죠. 한국 설화와 거기에 담긴 권력과 그 뒤에 숨겨진 암투를 다룬 이상 팔팔 끓는 점이 있어야 하는데, 스토리에는 그것이 보이지 않았거든요. 그게 꼭 알아서 끓여 먹어야 하는 전골 음식 같았어요. 생재료 던져주고 우리보고 요리를 하라는 식이었는데 그럴 거면 외식을 왜 하나요. 그냥 집에서 밥 해

먹지. 재료를 기름에 막 튀겨내는 과정을 다 보여주는 작품 같았는데 덕분에 보는 내내 여기저기에 기름이 다 튀고 묻어버려서 불편하기 짝이 없는 관람이었어요.

그러곤 우리에게 악수를 청했다.

안녕하세요? 저는 영국에서 온 유학생이에요. 셰익스피어 전공으로 논문을 쓰기 위해 잠시 한국으로 왔어요. 한국 극작품과 영국 극작품을 비교해보고 싶었거든요.

우리 셋은 번갈아가며 악수를 나누었다.

그리고 오늘 스테이크 엄청 맛있었어요.

감사합니다.

주인장은 정중하게 고개를 숙였다.

그녀는 센 불에 겉만 익힌 핏덩이 같은 연극 때문에 소화불량에 걸릴 지경이었다. 마침 속이 뒤틀려 있었는데 연극은 겉만 바싹 탔고 속은 하나도 익질 않아서 칼질을 하면 피비린내만 나는 구성이었다. 그래서 그녀는 기분이 나빴다. 이건 레어도 뭣도 아니야. 여자는 이렇게 중얼거리며 빨간 건물을 벗어났다. 당신은 그게 레어가 아님 뭐야?라며 반문할 수도 있겠지만, 레어는 그것을 목표로 의도적이게 만들어지는 요리다. 그러나 이 연극은 의도적인 것도 뭣도 아닌 그저 실패한 작품이었다. 원래 목적을 벗어난 레어는 레어가 아니다. 그냥 냄새만 나는 생재료, 날것일 뿐이다. 잡내가 느껴지면 아무도 그 음식을 먹질 못한다. 비위가 상해서 헛구역질만날 뿐. 그래서 결국은 오늘 겉과 속이 다른 작품만 보고 말았다.

그래서 뭔가 이 속을 풀어줄 만한 걸 먹고 싶었는데 다행이네요.

당신을 만나서. 여자의 마지막 말에 주인장의 얼굴이 발그레해졌다.

연극 이름이 뭔데요?

여자는 나를 향해 한쪽 눈을 찡긋해 보였다.

비밀.

그녀는 자신이 입고 왔던 코트를 챙겨 들었다.

이거, 돌려주고 올게요.

코트를 접어 팔에 건 그녀가 가게를 나섰다. 우리는 여자가 시야에서 벗어날 때까지 열린 문틈으로 밖을 내

98

다보았다.

그녀는 영국에서 건너온 까만 피부를 가진 사람.

혼혈이었다.


밖이 많이 춥네요.

어?

왜 도로 입고 왔어요?

여자는 코트를 벗어 다시 스탠드 옷걸이에 걸어두었다.

가지래요. 이미 물어줬다고.

나는 여자에게 흑맥주를 내밀었다.

영국에선 쉬쉬하고 없는 척하지만 실은 흔한 모순이 하나 있어요.

뭔데요?

인종차별.

여자는 까만 맥주를 잔에 따르며 내려다보았다.

색칠하기 책마냥 멋대로 사람들을 칠하곤, 한 가지 색만 사용하면서 완벽하다고 말해요.

영국엔 아직도 그런 사람들이 많나요?

곳곳에 숨어 있죠.

여자는 어깨를 으쓱해보였다.

그러지 않고는 못 버티나 봐요. 잘난 게 하나도 없으면서 피부로 트집 잡고 물고 늘어져요.

불안해서 그래요. 뺏길까 봐. 그래서 피부로 뭉치려고 하는 거죠 뭐.

우리는 건배를 했다.

주인장이 복숭아 통조림을 가져왔다. 우리는 캔을 하나씩 받아들고 고리에 손가락을 끼워 넣어 일정하게 홈이 파인 얇은 쇠를 잡아 뜯어냈다. 그리고 미끌미끌한 과육을 안주 삼아 술잔을 기울였다.

웃겨. 맥주는 흑맥주가 최고라더니 흑인은 개무시하고.

그녀는 벌써 취해가고 있었다.

여자는 영국에 있을 때 연애를 했다. 남자 친구가 하얀 피부에 금발머리를 가진 전형적인 외모의 백인이었다. 그녀는 그와 함께 펍에 가려고 길거리를 걷다가 경찰에 붙잡혔다. 경찰은 그녀에게 매춘 혐의로 죄를 물었고 경찰서까지 끌고 갔다. 남자 친구가 거세게 항의하며 동행하려 했지만 그들은 그를 따라오지 못하게 막아섰다. 여자는 계속 아니라고 답변했다. "나는 그저 학생일 뿐이에요." 하지만 경찰은 굳이 수갑을 꺼내 그녀의 손목에 쇠고랑을 채웠고 그녀를 건물 구석으로 몰고 가 세워두었다. 그들은 그녀가 변호사를 부르지 못하게 행동했으며 그녀를 한 시간 동안이나 묶어둔 채 서슴없는 막말과 폭언을 내뱉었다. 성적인 수치심과 무력감과 자존심을 건드리는 말들이 쏟아져 나왔고 남자 친구가 그녀의 변호사를 데려오고 나서야 경찰들은 나 몰라라 하며 도망쳤다. 그녀는 수갑에 묶인 채 그들의 폭언을 견뎌내야 했으며 도망치지도 못한 채 맞서 싸우지도 못하고 울어야만 했다. 뒤늦게 달려온 변호사가 그녀의 수갑을 풀어주었다. 붙잡힌 경찰들을 심문한 결과 사건의 전말은 이러했다. 남자 친구의 어머니가 경찰에 신고를 하면서 그녀를 욕했는데 경찰들은 그녀가 매춘 행위를 하는 여자인 줄 알았다고 했다. 왜 그렇게 생각했는지에 대해서는 입을 열지 않았지만 우리는 알 수 있었다.

그래서 헤어졌나요?

그 새끼 자기 엄마 편을 들었어요.

마마보이였군요.

나체라는 얇은 막을 뒤집어쓰고 자신을 가렸어요. 피부 뒤로 숨어버렸다고요.

비겁한 새끼들. 그녀는 중얼거렸다.

여자는 가끔 자신을 밑그림 삼아 그림 그리려는 사람들이 느껴진다고 말했다. 다들 멋대로 칠해요. 난 그런 사람이 아닌데 그런 사람으로 취급하고 싶어 해. 그녀는 말한다. 자기 색은 각자 타고나는 거라고요.

그녀는 맥주를 마셨다.

근데 우리는 어떤 색을 가지고 태어났을까요?

성격을 말하는 건가요?

아뇨.

글쎄요. 우리는 한 가지 색으로만 고집을 부리며 그림을 망칠 수도 있고, 아님 다양한 색을 이용해서 상상력을 발휘할 수도 있어요. 당신이 말한 것처럼 색칠하기

책에 비유해보자면 사람을 보고 어떤 색을 골라 칠해볼
까 상상하고 그의 옆으로 가 포즈를 취하는 건 아마 우
리 시선의 몫이겠죠.

그래서 제가 좋아하는 편집장은 이런 말을 했어요.

뭔데요?

당신은 표범 무늬를 다른 것으로 바꿀 수 있다고 생각
하나요? 그건 자연적으로 타고나는 판타지예요. 그러니
까 내 개성을 건드리지 마세요.

편집장은 어쩌면 개성이 한 가지 색으로만 이루어지
는 것이 아님을 스타일을 통해 배웠을지도 모른다.

배고프다.

나는 주방에 앉아 있는 주인장을 건너다보았다.

고기 좀.

황도 먹었잖아.

장난해?

내가 성질을 부리자 그는 복숭아 통조림을 내려놓았
다. 그러곤 식은 철판을 다시 달구었다.

레어.

나는 고기를 올리는 그의 등에다 대고 말했다. 그가 고기를 굽고 기다리는 동안 나는 노래를 불렀다. 레어, 스펠링 R, A, R, E를 따로 떼어내 혀에 올리고 입으로 굴리며 흥얼거렸다. 테두리가 초록색으로 칠해진 타원형의 접시에 스테이크와 황도가 담겨져 나왔다. 나는 앞의 접시에 사이를 두고 냅킨을 펼쳤다.

그리고 먹으려는 찰나,

당신은 고기를 먹을 때 항상 '레어'로만 먹나요?

그녀가 질문을 던졌다.

아뇨.

나는 얼른 고개를 저었다.

레어를 잘하는 집에선 레어를 먹고, 미디엄을 잘하는 집에선 미디엄을 먹고, 웰던을 잘하는 집에선 웰던을 먹죠.

그래요?

그녀는 씩 웃으며 답했다.

나는 레어가 먹고 싶을 때 레어를 먹고, 미디엄을 먹고 싶을 때 미디엄을 먹고, 웰던을 먹고 싶을 땐 웰던을 먹는데.

그리고 우리는 서로를 마주 보며 깔깔 웃었다.

그런데 그런 사람들이 있기는 하죠.

주인장이 빈 캔을 치우며 끼어들었다.

자기 식성만 우기며 무조건 고집을 부리는 사람들.

그런 사람들은 꼭 자기 식성에 맞춰 사람들을 못살게 군다. 스스로를 기준으로 삼고 그 외의 것은 다 무시하는 식이다. 예를 들면 이런 것이다. 뭐? 웰던으로 먹어? 고기를 어떻게 웰던으로 먹어? 이건 소라고. 가서 삼겹 살이나 그렇게 구워 먹어! 스테이크는 뭐니 뭐니 해도 레어야! 이건 뭔 개소리? 스테이크는 미디엄이지. 레어 는 잔인한 요리법이야. 너네 둘 다 이상하다. 알맞은 균 형의 조화는 미디엄이야. 그래서 요리를 하는 거라고. 야, 닥쳐, 이도 저도 아닌 걸 어떻게 먹냐? 웰던이 딱 좋 아. 속까지 알차게 굽는 게 진짜 요리지! 그러곤 끝에 가 선 똑같이 말하는 거다. 이런 고기의 맛도 모르는 것들. 너네 진짜 고기 먹을 줄 모른다.

근데 그게 다 무슨 소용이야? 안 그래?

주인장은 빈 캔을 씻어 가지런히 정리해두었다. 그는 복숭아를 먹고 남은 캔으로 화분을 만들거나 아님 일회용 앞치마를 넣어 테이블에 비치해두곤 했다. 그는 가끔 담배를 피우기도 했는데 그럴 때면 빈 캔을 이용해 커피 원두 찌꺼기를 담아서 재떨이 대신 쓰기도 했다.

그는 통조림을 하나 사도 속부터 겉까지 알차게 쓰고 버리는 사람이었다.

그런다고 고기가 변하나? 굽기의 강도만 달라지는 거지. 그 안에 든 영양소는 하나도 변하는 게 없어. 결국은 재료의 본질을 어떻게 요리하느냐에 따라 차이만 있을 뿐인데. 사람들은 왜.

그가 주머니에서 담배를 꺼내 입에 물었다.

서로만 옳다고 주장하는 거지.

그러곤 성냥에 불을 붙였다.

나는 그가 내뿜는 담배연기와 고기를 구울 때 빠져나왔던 자욱한 연기 속 사이에서 스테이크를 썰었다.

그러게요.

여자는 커피 찌꺼기를 담은 복숭아 통조림을 내려다

보았다.

우리는 고기를 먹기 위해서 다양한 길을 만들어놨을 뿐인데, 사람들은 왜 그걸 가지고 서로 옳다고 싸우는 걸까요?

나는 고기를 씹으며 둘을 번갈아 쳐다보았다. 두 사람의 표정은 울적해 보였다. 여자는 피부에 의한 차별을 받았고 주인장은 형 때문에 차별을 받았다. 여자의 피부는 레어나 미디엄 혹은 웰던처럼 색의 차이를 보였지만 그것으로 인해 달라지는 것은 없었다. 그녀는 우리와 똑같은 사람일 뿐이었다. 여자는 미디엄 레어 혹은 미디엄 웰던 같은 위치에 속한 혼혈일 뿐이다. 주인장도 마찬가지였다. 그는 둘째로 태어났지만 먼저 태어났다는 이유로 형에게 모든 것을 양보해야만 했다. 형이 먼저 선택권을 쥐고 있다는 것이 그를 못마땅하게 만들었을 것이다. 아버지는 그가 요리를 하도록 놔두긴 했어도 라멘 가게까진 물려주지 않았다. 분명 형보다 나은 실력을 가지고 있었지만 형이 먹다 남은 찌꺼기를 먹는 심정으로 일본에 남아서 살아야 했다. 그건 재일교포로 살면서 일본에서 겪는 차별과 다르지 않았다. 두 사람은 그 사실이 몸부림이 쳐질 정도로 싫었을 거다. 뭘 하든, 넌 둘째잖니, 넌 피부가 까맣잖니, 한국으로 돌아가,라는 말을 들었을 거다. 나는 사람들이 우위를 차지하기 위해 얼마나 다양한 트집을 잡고 사는지 알고 있다. 우리 회사만 봐도 그랬다. 고기를 어떻게 먹는지는 중요하지 않다. 그걸 어떻게 표현하느냐의 문제만 남아 있을 뿐이다.

나는 사람들이 좋아해서 하는 것보다 좋아 보여서 움직이는 것이 훨씬 더 많다는 걸 안다. 그래서 패션업계 사람들은 그 점을 이용한다. 제대로 된 보수를 주지도 않고 신경질은 다 부려가면서 일을 시킨다. 나는 무급 인턴에 최저임금 이하의 월급으로 휴일도 없이 장시간 노동을 하는 사람들을 지켜본다. 하지만 아무도 패션계의 부당한 노동 실태를 확실하게 까발리려 들지는 않는다. 그들은 주저한다. 애써 청춘이라 포장하고 당연시하게 받아들이며 인생 공부라고 여긴다. 나는 그런 그들을 볼 때마다 육즙은 이미 다 사라져 너덜너덜해질 때까지 씹힌 고기 조각들이 떠오른다. 패션업계는 그들을 씹어 꿀꺽 삼키고 그들은 아무 저항도 없이 잡아먹히고 만다. 그리고 사라진다. 왜냐하면 남의 시선에 의해 자신을 맞추려 하기 때문에.

그게 전부니까.

나는 다양한 재료들이 한 가지 방식으로만 요리되다 망가지는 것을 지켜본다. 남의 시선에 의해 불에 굽듯 타버리면 남는 건 타다 남은 재뿐이다. 패션계의 유명 디자이너들과 사업가들이 청년들을 무급 인턴 또는 무급 헬퍼로 고용하면서 최저임금 이하의 월급을 주고 수당도 없이 연장근무와 야근을 시키면서까지 여기에 흘러들어왔지만 우리는 별로 할 말이 없다. 환한 빛만 보고 따라붙다 뜨거워서 타 죽은 벌레들처럼 남 때문에 뛰어들어 하루살이가 된 그들을 보고 있자면 그렇게 일하면서도 패션계에 몸담고 있다는 자부심을 매단 채 허영을 뽐내는 그들만 보인다. 그런 것들을 보고 있자면 나는 레어나 미디엄 혹은 웰던만 알지 정작 우리가 먹고 있는 고기의 부위에 대해서는 전혀 알지 못하는 사람들이 떠오른다. 그런 사람들에 의해 피해를 받고 차별을 받는 건 순전히 여자와 남자의 몫이었다.

그러니 그들은 그렇게 쌓아올려진 차별 때문에 여기에 이렇게 앉아 있다.

나는 다른 사람과 다르게 보이고 싶다는 이유 하나만으로도 차별을 하고 구분을 밥 먹듯 하는 사람들을 매일같이 지켜보며 살아가고 있다.

하지만 그런다고 당신이 높아지지는 않는다.

프랭클린은 말했다. "빈 가방은 제대로 설 수 없어요."라고.

나는 스웨덴 과일맥주와 함께 스테이크와 황도를 먹어치웠다. 그리고 빈 그릇을 주인장에게 내밀었다. 주인장은 담배를 끄고 설거지를 시작했다. 여자는 조용히 테이블에 엎드렸다. 나는 구부러져 돌출된 그녀의 척추뼈를 내려다보다 자리에서 일어섰다. 그러곤 코트를 가져와 그녀의 몸에 덮어주었다. 밖에선 비가 내리고 있었다.

나는 거리를 씻어주는 비처럼 사람들의 질투와 시기

와 미움과 잔인한 마음이 편견을 만들어버리기 전에 가
라앉길 빌었다.

　문을 밀었다.


　오늘 피치 피크닉의 영업은 여기까지다.

마지막 장인

그는 가마솥을 닦고 있었다. 솥은 닭을 튀길 때 주로 사용되었다. 남자는 치킨집을 운영하는 사람이었다. 검은 솥에 기름을 가득 채우고 일주일에 한 번씩은 바꾸었다. 일요일마다 기름을 갈았는데 그날이 문을 닫는 날이었다. 빨간 주일날에 까만 솥에 있는 찌든 기름을 버리고 솥을 닦는다. 깊게 파인 솥에 거품이 풀어지고 기름때를 닦고 있는 남자를 보고 있자면 간혹 치킨을 먹는 것이 미안해진다. 그는 일요일에 모든 것을 해치운다. 재료 준비와 대청소 혹은 밀린 돈 계산을 하며 평일을 기다린다. 그는 월요일부터 금요일까지 닭을 튀기고 토요일에는 다른 요리를 시도한다. 그러니 치킨이 먹고 싶다면 평일에 가야 한다. 토요일은 남자가 요리하고 싶어 하는 것을 요리하는 날이다.

실험적이고 파격적인 요리가 게으르게 만들어지는 그날엔 손님들이 느긋하게 기다린다. 맥주나 막걸리 혹은 소주 아니면 칵테일 그것도 아니면 장미주나 매화수 같은 것들을 마시며 기다리고 있자면 요리가 나온다. 우리는 피우던 담배를 내려놓고 음식을 먹는다. 담배연기가 흩어지면서 테이블 사이로 포크와 나이프가 움직인다. 그리고 그가 만든 요리를 분해한다. 그가 완성시킨 요리를 다시 흩어놓고 우리의 살과 피로 재구성하는 시간이 흐르고 나면 식사는 곧 끝이 난다.

그는 다양한 크기의 솥을 가지고 있다. 크기에 따라 솥을 분류하여 사용한다. 초콜릿이나 치즈를 녹일 때는 작은 크기의 솥을 사용하고 삼계탕이나 죽을 끓일 때는 중간 크기의 솥을 사용하며 큰 솥으로는 수육을 삶고 제일 큰 솥으로는 닭을 튀긴다. 그러니 솥의 크기마다 베어드는 냄새가 다 다르다. 나는 가끔 솥을 덮는 뚜껑

의 냄새로만 어떤 요리에 주로 사용되는 크기인지 알아
맞히곤 한다. 그러면 그는 나를 신기하게 쳐다보는데 눈
을 반짝반짝 빛내며 나를 보곤 했다.

가끔 그를 도와줄 때도 있다. 평일에 갈 때면 튀긴 닭
을 대신 토막 내주기도 하고 주말에 갈 때면 그를 도와
서빙을 하거나 테이블을 닦아주고 이제 닦아야 할 솥도
꺼내온다.

라면 먹을래?

그러면 그는 라면을 끓여온다. 작은 솥에다 라면을 끓
여주는 그는 라면마저도 솥에다 끓여 먹는 사람이었다.
그만큼 솥을 좋아했다.

왜 그렇게 솥을 좋아해?

나도 몰라.

그는 잠시 솥에다 기름 채우는 동작에 집중하다 입을
열었다.

심플해서.

그게 다야?

심플한데 묵직해.

그래서?

거기다 검정색이지.

그리고?

튼튼해.

그는 기름이 가득 채워진 솥을 내려다보며 말했다.

내가 어떻게 사용하느냐에 따라 다양하게 쓸 수 있지.

우리는 기름의 온도가 올라갈 동안 잠시 말없이 서 있었다.

그는 행주나 하얀 옷을 삶을 때도 솥을 사용했다.

맞아.

나는 고개를 끄덕였다.

네 말이 맞네.

그는 전통 방식으로 닭을 튀겨내서 포장해 팔았다. 가마솥의 기름이 끓기 시작하면 닭을 튀김반죽에 한번 푹 담근 다음 솥에 부어 통째로 튀긴다. 머리만 없는 닭의 몸통이 튀김옷으로 부풀어오르면 꺼내 그때 토막 내었다. 나는 그 옆에 앉아 나무 도마를 앞에 두고 닭을 삼등분으로 나누었다. 직사각형 모양의 네모난 칼로 한 번,

두 번, 세 번, 칼질을 하고 나면 종이 박스에 담는다. 그러면 그가 그걸 포장해 손님들에게 내밀었다.

여기 프라이드 한 마리 나왔습니다.

사람들은 닭이 들어 있는 상자를 누런 봉투에 담아 가지고 갔다.

왜 닭이야?

응?

감자나 새우 같은 뭐랄까, 색다른 걸 튀길 수도 있잖아.

뭐 그냥.

그는 솥에다 닭들을 집어넣었다.

알맞아.

뭐가.

크기가.

그는 그물망으로 튀겨진 닭들을 건져냈다.

이 커다란 솥에 어울릴 만한 크기는 닭밖에 없어.

양념치킨 주문이 들어오면 그는 토막 낸 닭 위에다 양념을 붓는다. 매콤하고 달착지근한 소스가 튀김옷 위로

착 달라붙어 끈적해지면 그는 마저 포장을 마치고 손님들에게 건네준다. 여기 양념치킨 한 마리입니다. 혹은 양념 반 프라이드 반 주문이 들어오면 그는 닭을 이등분으로 나누어 은박지로 경계를 만든 후 양념을 적절히 붓는다. 그럴 땐 그의 모습이 어쩐지 좀 멋있게 보일 때도 있다. 솥에서 닭을 꺼내어 나무 도마 위로 옮기고 칼로 중앙을 내려치면 닭이 이등분으로 토막 난다. 그러면 그는 종이 상자에 은박지를 깔고 구역을 나눈 다음 소스를 붓는다.

여기 양념 반 프라이드 반 나왔습니다.

그는 혼자서 묵묵히 모든 것을 해치운다. 솥에서 기름이 끓을 동안 생닭을 꺼내어 튀김반죽에 넣고 기름에 닭이 튀겨지면 주방은 냄새와 소리로 가득해진다. 그 속에서 그는 닭들이 튀겨질 동안 기다리다가 튀긴 닭들을 꺼내어 나무 도마 위로 옮기고 칼로 몸통을 토막 낸다. 칼을 내려칠 때마다 나무 도마 위로 튀김 부스러기들이 떨어지면서 지저분해지지만 그는 튀김 부스러기들을 한 손으로 쓸어내면서 계속 닭을 튀기고 꺼내어 내려

친다.

하나의 기계와 같은 동선.

그래서 그의 가게 이름은 '팩토리'였다.

네가 앤디 워홀이냐.

나는 술에 취해 괜히 그에게 심술을 부렸다.

닭 튀기는 예술가냐.

취했냐?

너한텐 닭이 캠벨수프냐.

아니, 그 반대지.

그는 테이블을 치우며 조용히 말했다.

나한텐 솥이 통조림이다.

그러곤 택시를 불러 나를 태웠다.

그런 놈이 닭이나 튀기냐.

나는 택시 안에서 기사 아저씨를 앞에 두고 계속 중얼거렸다.

못된 놈. 평생 닭이나 만지면서 살아라.

그날, 택시 기사 아저씨는 운전석에 달린 거울로 가는 내내 나를 노려보았다.

지금 생각해보면 아찔한 문장들이었다. 그때의 일만 떠올리면 얼굴이 빨개진다. 내가 그런 말을 하다니. 내 속에 무엇이 들어 있는지 나도 잘 모르겠다. 그를 알게 된 건 취재를 통해서였다. 언제부터인가 출근하는 길목에 '팩토리'가 들어섰다. 유리창 안에 튀겨진 닭을 채워 넣어 파는 청년이 눈에 들어오면서부터 나는 자연스럽게 그를 취재하게 되었다. 매달 발행되는 잡지에 어떠한 형식으로든 일정한 분량만큼의 글을 써서 채워넣어야 했으므로 나는 '팩토리'에 호기심이 생겼다. 내가 퇴근하고 건물을 나설 때면 그는 닭을 튀겨 유리창 안에 쌓아올리면서 하루를 보냈다. 퇴근하는 손님들이 냄새를 맡고 거기서 닭을 뜯거나 포장해 들고 간다. 나도 처음에는 손님이었다.

얼마예요?

프라이드는 구천 원. 양념은 천 원 추가. 반반은 만원.

흠. 양념 한 마리의 가격과 프라이드 반 양념 반의 가격이 똑같군요.

불만인가요?

아뇨. 그냥 선택에 대한 고민이 생겨서요.

뭘, 고민까지 하세요. 그럴 땐 반반이죠.

아뇨. 양념으로 주세요.

여기, 양념 치킨 한 마리입니다.

나는 그에게 양념 치킨 한 마리를 받았다.

맛있게 드세요.

나중에 또 올게요.

그게 그와 나의 첫 만남이었다. 그리고 토요일에 찾아
갔는데 닭을 쌓아올리던 유리창 앞에 떡이 쌓아올려져
있었다.

순간 당황했다.

이게 뭐예요?

떡꼬치 처음 봐요?

아니 왜, 갑자기 떡을.

주말에는 닭 안 팔아요.

네?

닭은 평일에만 판다고요.

그의 대답을 듣는 순간 이 가게는 꼭 취재해야겠다고 마음먹었다.

저 새끼, 무슨 생각을 하면서 사는 놈인지 알아내야겠어.

나는 마음속으로 굳게 다짐하며 '팩토리' 안으로 들어섰다.

가게 안은 깨끗했다. 벽을 따라 붙여진 의자와 그 앞에 놓인 동그란 테이블 그리고 카펫들.

신발 벗으세요.

나는 구두를 벗어 신발장 안에 넣었다. 그리고 담배를 피우려는데 그가 재떨이를 가지고 나왔다. 나는 그와 잠시 카펫에 주저앉아 말없이 담배를 피웠다. 손님은 나 혼자뿐이었고, 그는 떡을 튀겨내다 말고 느긋하게 앉아 담배연기를 내뿜고 있었다. '팩토리'는 향수를 파는 가게와 꽃집 사이에 끼여 닭을 튀기고 있었다.

처음에 되게 많이 혼났어요.

그가 입을 열었다.

기름 냄새, 치킨 냄새 난다고 옆에서 어찌나 혼들을

내시던지.

혼날 만하죠. 치킨이 향수랑 꽃한테 얼마나 치명적
인데.

그래서 꽃은 거기서만 사고 향수도 거기서만 구매하
기로 했어요.

그가 담배를 비벼 끈다.

아, 마침 들어오시네.

문을 열고 들어선 두 사람이 꽃집 주인과 향수를 파는
가게 주인이었다. 둘은 그에게 손은 흔들어 보이고 신발
을 벗고 카펫 안으로 들어섰다. 나는 단번에 둘을 구분
해 알아볼 수 있었는데 꽃을 든 단발머리 여자와 와인
을 든 긴 생머리 여자가 나에게 인사를 건넸다. 안녕하
세요? 우리는 자연스럽게 인사를 나누었다.

처음이네?

향수를 파는 가게 주인이 말했다.

토요일에 다른 사람이 온 건?

그렇죠?

그들은 익숙한 듯 담배를 꺼내 물었다.

오늘은 어떤 거?

기다리세요.

그는 향수 가게 주인이 가져온 와인 라벨을 살피더니 주방으로 들어섰다.

자주 오시나 봐요?

매주 와요.

단발머리를 한 꽃집 주인이 말했다.

토요일마다 저 애가 요리를 하거든요.

그러면 우리는 꽃과 와인을 들고 방문하죠.

아, 그렇군요.

뭐 이런 가게가 다 있지. 속으로 그런 생각을 했다. 그리고 의외로 두 사람은 상당히 지독한 골초였다. 둘은 쉬지도 않고 계속 담배를 피워댔는데 가게 안이 담배연기로 자욱해질 정도였다. 나도 흡연자였지만 그 정도까진 아니어서 당황스러웠다. 주방으로 들어갔던 그가 돌아왔다. 와인 잔과 코르크마개를 제거한 와인 병을 가져와 우리 앞에 놓더니 다시 사라졌다. 나는 연기 속에서 처음 보는 사람들과 함께 와인을 마시고 잔을 부딪쳤다.

몇몇 사람이 더 들어왔다. 그중에 내가 아는 사람도 끼여 있었다.

어, 여기서 뭐 해요? 이렇게 한가하게 술 마시고 있어도 돼? 편집장은 아시나?

그 사람은 디자이너였다.

나를 포함한 무리가 동그랗게 모여 앉아 다 같이 담배를 피웠다. 꽃집 주인과 향수를 파는 사람, 디자이너와 자전거를 파는 상인 그리고 나. 이렇게 다섯 명이 동그랗게 모여 앉아 담배를 피우면서 말을 주고받았다. 디자이너와 자전거를 파는 상인은 친구였고 또 '팩토리'의 주인과도 친구였다. 우리 셋이 이렇게 같은 대학. 디자이너가 말했다. 디자이너는 자신이 가져온 탄산수를 마시며 담배를 피웠다.

그렇다면?

그렇지. 쟤는 닭 튀기는 돌아이지.

아이, 그게 아니라 그럼 원래 미술을 하던 사람이었다 이거네요.

그렇지.

자전거를 파는 상인은 조소과였고 디자이너는 패션 디자인과, 저기서 떡을 만지는 사내는 서양학과 학생이었다.

아니, 근데 왜.

낸들 아나.

디자이너는 어깨를 으쓱해 보였다.

저 새끼는 맨날 닭, 소, 돼지를 부위별로 그리더니 졸업 작품으로 그걸 이어 붙인 걸 전시했어.

와우.

그러다 지금은 저렇게.

진짜 닭을 튀기게 되었구나. 나는 요리를 하는 그를 건너다보며 생각했다.

그가 주방에서 나왔다.

오늘은 떡이네.

단발머리 여자가 실망한 눈치였다.

일단 먹어나 보세요.

꼬치에 꿰인 떡은 다양한 색상을 가지고 있었다.

오늘 아침에 제가 직접 떡집에 가서 뽑은 겁니다.

기름에 막 튀겨진 떡은 겉은 바삭했지만 속은 말랑말랑하고 뜨거웠으며 쫄깃했다.

맛있는데?

우리는 담배연기 아래에서 떡을 씹고 와인을 마시며 스트라이프 티셔츠를 입은 그를 바라보았다. 그는 담배를 피우면서 앤디 워홀이 그림을 찍어내듯 떡을 튀겨대며 서 있었다. 우리가 색색의 떡을 다 먹어치우고 나면 다시 주방으로 돌아가 떡을 튀겨가지고 나타났다.

왜 미술을 그만두었죠?

술에 취해 꽤 날카로운 질문을 던졌다.

그만두다니요. 여기서 계속 예술을 하는 중인데요.

이 '팩토리' 안에서요. 그는 나를 일으켜 세우더니 주방으로 향했다. 나는 주방으로 따라가 다양한 크기의 솥들과 제일 큰 솥에 기름이 채워져 있는 것을 보았다. 나는 그가 앤디 워홀이 실크스크린 기법을 이용해 그림을 그리는 것처럼 솥을 이용해 다양한 크기의 요리를 만들어내는 것을 지켜보았다.

요리로 예술성을 이어가고 있다?

그렇죠.

그는 검은 솥 사이에 있는 은색의 냉장고를 열어 다양한 재료들을 보여주었다.

통조림이 모양은 같지만 들어 있는 내용물은 다르죠. 어떤 거엔 치킨 수프, 어떤 거엔 어니언 수프가 담겨 밀봉되어 있어요. 우리는 그걸 라벨을 보고 선택하죠. 나는 기름에 튀겨지는 튀김옷 속에 재료들을 밀봉해요. 통조림이 속에 든 것을 가리고 보관하는 것처럼 나는 기름에 튀기는 과정을 통해 거쳐서 재료들을 가리고 보관해서 더 나아가 새롭게 창조하죠. 그리고 맛있게 먹는 거예요. 냠냠.

냠냠?

그래요 냠냠.

그는 냉장고 문을 닫았다.

예술은 이런 과정 속에서 만들어지죠. 하나의 생각을 디자인해서 만들고 튀겨서 전시하죠. 그러면 우리는 눈으로 그걸 먹고요.

당신이 평일마다 쌓아놓는 닭튀김처럼요.

그렇죠.

당신, 의외로 귀여운 구석이 있네요.

아, 그의 얼굴이 빨개졌다. 감사합니다.

우리는 다시 자리로 돌아가 앉았다.

혹시 자전거 필요하세요?

아니요.

흠.

자전거를 파는 상인이 나에게 약도가 그려진 명함을
한 장 내밀었다.

그래도 언제 한번 놀러 와요.

그래서 정말 언제 한번 찾아간 적이 있었다. 그는 벽
돌로 지은 건물 속에 자전거를 만들어 팔고 있었는데
입구 위에 자전거가 벽을 뚫고 나오듯 자전거 앞부분이
설치되어 있었고 거기에 가게 이름이 매달려 있었다.

자전거를 파는 가게 이름은 '정육점'이었다.

사람들은 '정육점'에서 그가 디자인한 부품들을 골라
자전거를 주문해서 사 갔다. 그는 자신이 디자인한 부품
들을 부위별로 정돈해 고기를 파는 것처럼 진열해놓아

팔았고 주문이 들어오면 그걸 조립해서 손님들에게 자전거를 제공했다. 가격은 부품의 무게로 측정되었다. 뭐가 계속해서 더해져 추가될수록 가격은 올라가는 거죠. 저울에 고기를 올리듯 부품들을 올려 계산을 하고 나면 손님들은 생고기를 보며 입맛을 다시듯, 자전거 부품을 보며 자신들이 앞으로 타고 다닐 자전거를 상상하고는 군침을 흘렸다.

나는 '정육점'을 나와 디자이너의 작업실로 향했다. 디자이너의 작업실 이름은 '키친'이었다.

옷을 입는다는 건 요리를 하는 것과 똑같아요.

그는 작업실에서 옷을 갈아입으며 나에게 말했다.

그날 먹을 음식을 정하듯 그날 입을 옷을 정해 꺼내 입는 거죠. 재료를 하나하나 꺼내 요리를 하는 것처럼 나는 옷으로 내가 입을 스타일을 요리하는 거예요. 그리고 배를 채우듯 감각을 채우죠. 그리고 냠냠.

냠냠이오?

네. 냠냠.

세 남자는 평소에 이러고 노는 구나. 나는 문득 이 세 남자가 무척 귀엽게 느껴졌다. 그리고 토요일이 오면 그들은 '팩토리'에 모여 술을 마시고 일요일이 되면 남자는 청소를 하며 닭을 튀길 평일을 맞이한다.

그리고 어느새 나는 '팩토리'의 단골손님이 되어 있었다.


그가 가마솥을 닦는다. 일요일이 되면 나는 조소과 출신이 조립해준 자전거를 타고(결국 샀다) 디자이너의 작업실을 지나 '팩토리'로 향한다. 그러면 그는 가마솥을 닦다 말고 나에게 손을 흔들어 인사한다.

뭐 해요?

솥 닦아요.

도와줄까요?

그는 대답 대신 문을 열어준다.

근데 왜 평일에만 닭을 팔아요?

나는 작은 솥들과 접시들을 정리하다 물어본다.

그냥.

그는 빨간 고무장갑을 낀 손으로 솥을 닦는다.

이것 또한 비즈니스라는 걸 잊지 말아야 하잖아요.

그래서 월요일과 금요일에만 닭을 판다?

나는요. 그는 솥에 물을 붓다 말고 말했다. 일요일마다 배달되어오는 닭들을 볼 때마다 직장 생활을 하는 사람들이 떠올라요. 일정한 무게로 사육되는 닭들이 똑같은 모습을 하고 세상에 쏟아져 나오죠. 거기에 무채색의 양복을 입은 사람들이 매일 아침 출근을 하고 매일 저녁 퇴근을 해요. 매일 같은 시간에 똑같은 사람들 사이에 끼어서 살아가고 있죠. 근데 그게 꼭 치킨 같아서, 그래서 평일에는 닭을 튀겨요. 뜨거운 기름같이 힘든 회사에 몸을 담그고 있는 사람들. 양복처럼 튀김옷을 입고 세상에 나와 여기저기에 팔리는 거죠. 그리고 누군가에게 뜯기고 살점을 잃어요.

그렇군요.

혹시 예술에 대해 알아요?

그가 나에게 질문을 던졌다.

좋아는 하지만 몰라요.

솔직하네요.

우리는 잠시 말없이 솥들을 닦아 정리했다.

솥을 닦은 우리는 카펫에 드러누워 각자의 팔을 주물렀다. 솥은 단순하게 생겼지만 무게는 상당해서 조금만 들고 있어도 팔이 뻐근하다. 누구에게나 흘러가는 묵직한 일상같이 하루하루의 삶을 닮은 무게였다. 우리는 누워서 담배를 피웠다.

말해줄까요?

뭘요?

미술 그만둔 진짜 이유.

그는 뼈를 발라 살을 먹듯 예술이라는 닭에서 상업적인 이익만을 발라 골라 먹는 자본주의의 식성이 느껴지는 곳이 미술 시장이라고 말했다. 자본이 가진 식성의 영향력이 어떻게 예술계를 요리하는지, 그래서 한국 예술계를 어떻게 말아먹는지 볼 수 있는 곳. 그곳이 한국 미술계 시장이라고 그는 담배를 피우다가 말했다. 물과 밀가루와 계란을 섞어 반죽하듯 예술가는 작품을 만들고 빵 부풀어오르듯 그것들이 구워지면 비평만 남는다. 그렇게 완성된 비평은 그에게 돌아오고 온전히 다 삼키는 것이 그의 몫이다.

어떤 비평은 달고 어떤 비평은 쓰고 어떤 것은 도저히 삼킬 수도 없는 맛.

그게 뼈 위를 덮은 살처럼 본질을 가리고 뼈의 온전한 형태를 볼 수 없게 만든다. 그걸 바라보는 그의 심정은 어떠했을까. 그는 목조로 돼지나 소, 닭의 부위를 만들어 이어 붙이고 그림을 그리며 색을 칠하는 걸 좋아했다. 목조는 쉽게 변형이 가능하다. 힘의 강도에 따라 쉽게 뒤틀리며 부서지기도 하고 어쩔 땐 타서 없어지기도 한다. 초심은 이런 나무와 같아서 쉽게 변질될 수도 있다. 본질도 마찬가지였다. 그러니 우리는 그것을 스스로 지키기 위해 거울 앞에 엎드린 마지막 장인처럼 스스로를 낮추어야 한다. 하지만 그는 그 과정이 너무 힘들어서 그만두었다고 말했다.

'전준호'라고 알아요?

아뇨.

미술가예요.

작가가 만든 '그의 거처'에는 거울 위에 목각 해골이

엎드려 있었다. 그는 순간 해골이 타는 줄 알았다고 말했다. 오븐에 구워지는 닭처럼 조명이 거울에 반사되어 태워지는 해골. 갈색의 뼈가 나무라는 것을 알았을 때 그는 오븐 속이라는 환상에서 벗어났다. 거기에서 느껴지는 왜소함과 앙상함이 나무의 결을 따라 흐르고 거울을 통해 확장되어 해골이 그를 압도하는 건 순식간이었다. 거울 조각을 이어 붙인 조형 위로 해골이 아니 어쩌면 자신이 엎드려 있는지도 몰랐다.

그의 말을 듣는 순간 미술계가 어떤 곳인지 궁금해졌다. 재능을 장작 삼아 자신을 태워 없애는 작가의 모습이 그려졌다. 뜨겁게 데워진 현실이 오븐 속처럼 고통스럽고 수분을 증발시키듯 스스로를 바싹 말려 그림을 그리는 사람들.

'그의 거처' 속에 엎드려 있는 해골 '마지막 장인'은 만들고 싶은 것이 무엇이었을까.

적나라한 거울들이 모여 그의 행동들이 비추어지면서 뜨거워진다. 사람들의 시선 앞에 놓인 장인은 후회와 고통으로 달궈지며 자신의 살을 태우듯 고통 속에서 살아간다. 오븐 속에 있는 닭이 시간이 흐를수록 기름기가 빠지고 담백해지는 것처럼 장인은 어쩌면 기름기를 짜버리고 초심으로 돌아가기를 소망했던 건 아닐까. 장인이 느꼈을 뼈를 깎는 고통이 나무를 깎은 해골로 탄생되어 거울 앞에 놓인 거라면 우리는 그것을 어떻게 받아들여야 할까.

우리는 예술가가 느꼈을 본질을 그저 바라보는 수밖에 없다. 내가 할 수 있는 건 그것뿐이다. 멋대로 뼈 위에 살을 붙이지 말고 있는 그대로를 바라보는 것.

경계를 만들지 않는 것이 마지막 장인이 원했던 것은 아닐까.

그래서 '팩토리' 안에서 닭을 튀겨요.

그가 내 쪽을 향해 몸을 돌리며 말했다.

나도 그를 향해 몸을 돌렸다.

우리는 카펫에 누워 서로를 바라보았다.

솥은요, '아이덴티티'예요. 나는 솥이 없으면 아무것도 할 수 없어요. 내 요리는 솥으로 시작해서 솥으로 끝나요.

우리는 와인을 끓여 마셨다. 그가 뱅쇼를 끓여왔다. 작은 솥에다 와인을 한 병 붓고 사과와 귤, 자몽과 레몬을 슬라이스 해 썰어넣어 끓인 다음 시나몬 스틱과 정향 그리고 꿀로 맛을 우려내 향과 맛을 풍부하게 만들어 따뜻한 와인을 완성시켰다. 내가 뱅쇼를 마실 동안 그는 잠시 가게를 비웠다. 돌아온 그의 양손엔 꽃이 가득했다. 그는 나에게 꽃을 내밀더니 이내 뜯으라고 말했다.

네?

막 뜯지 말고 예쁘게.

그래서 나는 꽃을 뜯었다. 시나몬 스틱을 건져낸 와인을 앞에 두고 꽃을 따냈다. 그는 내가 따낸 꽃을 살피고 확인한 다음 주방으로 들어갔다.

그가 나를 위해 저녁을 만들어주었다. 오늘의 메뉴는 치킨누들수프였다. 가마솥에다 수프를 통째로 끓여가지고 왔다. 뿌연 수프 속에 면이 담겼고 치킨 조각들이 떠다녔다. 나는 숟가락에 면과 치킨 그리고 수프를 떠서 한 숟갈 입에 넣었다.

으웩.

스푼을 내려놓았다.

짜요.

그게 캠벨수프예요.

이게요?

전에 먹어본 적 없다 그랬죠?

그래서 그는 한번 먹어보라고 친절하게도 작은 솥에
다 통조림을 따 넣고는 그대로 끓여가지고 왔다.

이렇게 짜요?

그게 농축된 거라 원래 좀 짜요. 근데 앤디 워홀은 매
일같이 캠벨수프를 먹었대요.

그러곤 그는 후식이라며 식혜를 가지고 왔다.

어머.

식혜를 받아들자마자 감탄할 수밖에 없었다.

내가 뜯어낸 꽃이 얼음 속에 갇혀 식혜 위를 떠다니고
있었다.

그동안 이거 얼리고 있었던 거예요?

어쩐지 집에 안 보내더라니. 나는 짠 입안을 달콤하게

시원한 식혜로 씻어 내렸다.

나는요. 그가 말했다. 그날 튀긴 닭을 쌓아올리듯 실적을 올리는 사람들을 애도하고 싶어요. 그들은 닭이 바삭한 튀김 뒤로 숨겨지듯 양복 뒤로 혹은 회사 직책 뒤로 밀려나 점점 결국에는 남는 것이 없어져요. 그게 꼭 슈퍼마켓 진열대를 가득 채운 통조림 같아서. 그는 말한다. 근데 나도 그렇게 되면 어떡하죠. 결국 닭만 튀기다 쓰고 남은 솥만 덩그러니 남으면요. 솥은 나에게 하나의 오브제밖에 지나지 않아요. 근데 그렇게 되면, 어떻게 되는 걸까요?

나는 차마 대답을 하지 못한다.

예술만 남고 예술가는 사라지는 시점과 돈만 남고 사람은 뒤로 밀려나는 시점 사이에 어떤 차이가 자리하고 있는 걸까.

그 사이에서 우리가 취할 수 있는 태도란 무엇인가.


얼음이 녹고 꽃잎에 밥풀이 묻어 식혜에 축 늘어져 있다.

그는 내일부터 계란을 삶을 거라고 말한다. 기름을 튀기는 솥 옆에 계란을 쌓아놓고 솥을 준비해서 계속 삶아낼 거라고. 그래서 삶은 계란의 껍질을 벗겨내서 닭 위에 올릴 거라고 말한다. 이제 유리창 안은 튀긴 닭과 그 옆에 놓인 삶은 계란으로 가득해서 진열되어 있을 것이다.

튀긴 닭과 삶은 계란이라.

나는 와인과 식혜 사이에 앉아 잠시 고민했다.

머리가 없어진 닭과 그 빈 공간을 채울 삶은 계란. 그리고 그것을 만들 수 있는 검은 솥 하나.

블랙은 모든 빛을 흡수하는 색이다. 이미지는 무겁고 두려우며 암흑과 공포 혹은 죽음이나 권위 등을 상징한다. 그래서 성직자와 수녀 혹은 지배자와 간부들의 색으로 자주 추천되며 죽음을 애도하는 색으로 사용된다. 심리적으로 편안함과 보호받는 느낌 그리고 신비감을 주는 색상.

블랙.

그 안에서 기름이 끓는다.

어디선가 장송곡이 들려오는 듯하다.

그가 레퀴엠을 틀었다.

소유욕을 불러일으키는 디자인. 나는 소설이 소유욕
을 불러일으키는 문장으로 구성된 디자인이라 생각한
다. 오감을 만족시키는 일은 쉬운 일이 아니다.

사람들은 저마다 낡은 재봉틀을 한 대씩 가지고 있다.
당신은 이것을 뇌라고 부를지도 모르겠다. 재봉틀이 움
직이면서 말이 내뱉어진다. 하지만 생각이라는 실이 누
구의 것인지는 불분명하다. 나는 당신이 남의 실로 옷을
만드는 것을 지켜본다.

나도 한 대의 낡은 재봉틀이 있기는 하다. 하지만 오
감이라는 손을 대신 사용해 이미지와 생각을 섞는다. 그
러나 아직은 서툴다. 나는 아직도 손바느질을 배우고 있
는 중이며 가끔은 재봉틀이 제공하는 기술에 기대고 싶
다. 하지만 마지막 장인으로서 포기하지 않을 거다. 남

의 실로 만들어진 불편한 옷을 벗으려면 스스로 옷을
만들어야 한다.

흘러가는 시간이 내 편이라는 믿음을 가지고 손가락
이 바늘에 찔려도 수를 놓는다. 한 땀 한 땀, 나를 찔러
만들어진 작품은 솔직하다. 나는 심미적인 쾌락을 위해
작품을 디자인한다.

2015년 12월
신소영

미래의 작가들 03

**애플**

2015년 11월 25일 제1판 제1쇄 펴냄

지은이    신소영
기획      크리에이티브 라이팅 그룹(Creative Writing Group)
편집      모영철
펴낸이    박문수
펴낸곳    도서출판 박문수책
등록      2009년 2월 6일 제13-2009-24호
주소      03964 서울특별시 마포구 망원로7길 3-6(망원동)
전화      02-322-5675
전자우편  mspark60@dreamwiz.com